TICO SANTA CRUZ

© Copyright 2013 Tico Santa Cruz

Editores
Gustavo Guertler
Fabiana Seferin

Revisão
Equipe Belas-Letras

Ilustrações
Carlinhos Muller

Capa e projeto gráfico
Celso Orlandin Jr.

Seleção de textos
Érika Castro

Dados Internacionais de Catalogação na Fonte (CIP)
Biblioteca Pública Municipal Dr. Demetrio Niederauer
Caxias do Sul, RS

S231	Santa Cruz, Tico
	Tesão / Tico Santa Cruz; ilustrações Carlinhos Muller._Caxias do Sul, RS: Belas-Letras, 2013.
	128 p., 21cm.
	ISBN 978-85-81740-76-8
	1. Literatura Brasileira. 2. Erotismo. I. Título
13/01	CDU 869.0(81)-92

Catalogação elaborada por Cássio Felipe Immig,
CRB-10/1852

[2013]
Todos os direitos desta edição reservados à
EDITORA BELAS-LETRAS LTDA.
Rua Coronel Camisão, 167
Cep: 95020-420 – Caxias do Sul – RS
Fone: (54) 3025.3888 – www.belasletras.com.br

SUMÁRIO

Dos sentimentos: Tesão 7
Dos Sentimentos: Tesão II 11
Eu, você e sua amiga 17
Se você soubesse... 19
Segredos 23
Seu Banho 28
Dos Sentimentos Pervertidos 31
Dos pecados: Luxúria 35
À espera de nada 38
Ordens são Ordens 41
Mulheres Perigosas 48
Uma questão de ponto de vista 53
Pormenores 59
Meus olhos em você 61
Fica entre nós 63
Conte pra ela 65
Sussurros 68
Dessa vez 71
Chove em mim 74
Plano A 76
Mensagem para você 80
Eu e sua mulher 86
Foi ao inferno e voltou 90
Fiz uns versos, o que acham? 92
Experimentalismo 95
38 graus 97
O que me move é... 101
Encontre-me lá 103
Nas suas vísceras 108
Seja gentil 113
Do que não cabe no tamanho do céu 118
Me chama 122

Dos sentimentos: Tesão

Hoje, meio assim, sexual
com tesão e sem vergonha.
Gosto de observar cada detalhe.
Cada curva, cada movimento.
Depois tocar com carinho.
Devagar e de olhos bem fechados.
... A vontade que não se esconde...
Um pouco de gelo pra ver a água escorrendo.
Línguas, mordidas, cheiros.
Beijos sem fim.
O suor se mistura.

Olhos bem abertos.

Provocar também é bom.
Manipulando a imaginação.
Sem pressa, sem dia pra terminar.
Movimentos calculados...
Ver você dançando me deixa louco.
Seus quadris, suas coxas... salto alto...
Adoro salto alto.

Fico todo arrepiado.

Olhos quase fechados.
Fundo branco.
A marca de sol bem pequeninha...
Meu Deus... adoro isso.

TESÃO

Sem pecado, sem paranoia
Sem medo... sem nada!

Os olhos se arregalam.

Volto a te tocar
beijando seu pescoço.
Movimentos circulares na nuca.
Mãos cheias!
Escorrego mais um pouco e agarro sua cintura.
Minhas mãos deixam as marcas vermelhas.
Você se derrete toda.

Continua derretendo,
Escorrendo pelas pernas...
Gostoso sentir você assim... molhada
de gelo, de suor, de vontade.

Te pego com força contra a parede.
Te coloco de costas.
Faço você tremer!

Mas ainda não é o momento.
Quero mais...
Quero cada parte sua encostando-se a mim.
A boca, os peitos... as coxas... os pés, as mãos...

Você fica linda assim,
sem pudor...

Sem pudor é melhor.
Olhando no espelho...
Desejando cada movimento,
cada toque,
cada beijo,
cada espasmo!

Tesão por si só é loucura.

Sexo é sexo!
Selvagem!
Meio animal.

Então... te coloco no meu colo
e a gente se sente...
Bem devagar...
Olhando nos olhos
com raiva... com força!!!

Sexo tem que ter força.
Tem que ter energia.

Desculpem-me os puritanos,
mas o bom é a sacanagem,
as palavras sujas no ouvido.

Vagabunda!
Gostosa!
Puta!

TESÃO

Desculpem-me as donzelas,
mas sem gritos e gemidos,
sem o gosto na boca....

Nada melhor que uma boa trepada.
Escondida.
Demorada.
No escuro, não.
Sexo é luz
e olhar.
É estar vendo cada passo.
A respiração.
E, por fim, o gozo!

Tudo isso é melhor com amor!
Mas o que é mesmo o amor?

Dos Sentimentos: Tesão II

Tesão não se resolve só com palavras.
Palavras ajudam, mas é preciso atitude.
Sempre quero mais... mais... mais... mais.
Quem não quer?
Quando é bom, é bom e pronto!
Carinhos depois.
Antes também!

É quando as coisas começam numa balada.
Um bom vinho, uma boa música.
Música é importante...
Sem música tudo fica pela metade.
Com gente por perto fica perigoso.
Perigoso e mais excitante.
Ainda mais se forem conhecidos.
Um papo sobre trabalho, sobre ontem, sobre amanhã.
Chego ao seu ouvido e falo que estou louco pra te comer!
Você fica vermelha de vergonha.
Só com vergonha?
Acho que algo mais!

Calma aí... ninguém percebeu!
Nem vão perceber... eles estão em outro mundo.
Preocupados com quem tem, com quem não tem.
Com o namorado da fulana,
Com o futebol do fim de semana

Pego sua mão e a coloco bem perto.
Você tenta tirar e encontra resistência.
Resistência!
Te peço pra ir ao banheiro e tirar a calcinha.
Pequena, preta, apertadinha!
Você levanta... e, como se fosse uma ordem,
vai e volta com cara de safada.
Pega minha mão e me entrega, toda molhada.

O vinho deixa tudo ainda mais leve.
A música no outro ambiente nos carrega.
Estamos entregues!
Ritmo é tudo.
O seu é frenético.
Forte.
Gostoso.

O beijo.
O tempo para.
Fica tudo distante.
Tipo onda de lança... ziiimmmmmmmmmm
Mas é um beijo.
Não um qualquer...
É aquele que quando está acontecendo
passa um filme na cabeça.

Começo a imaginar...

Nós estamos voltando
no seu carro.
Você dirigindo com seu vestido longo
que, a esta altura, está no meio da coxa,
me deixando ver...

Eu fico olhando...
Seus olhos, sua boca e sua perna.
Sua perna, sua boca e uma alça do seu vestido que insiste em ficar sobre os ombros.
Por baixo só a pele
Seus peitinhos... a maldita marquinha desse biquíni
que me enlouquece só de imaginar.
Você é toda deliciosa!

Pego a sua mão e você me sente.
Pego a minha mão e passo delicadamente
Entre as suas pernas...
Só a ponta dos meus dedos, quase sem tocar...
Puxo seus cabelos e você insiste em manter a compostura.
Beijo sua nuca, passo a língua no seu pescoço.
Arranco com força a maldita alça do seu vestido.
Você solta um grito...
De tesão!

A esta altura, minhas mãos já estão por baixo do que sobrou do seu lindo vestido preto,.
apertando forte sua cintura!
Não pare o carro!
Preste atenção no que você está fazendo.
Eu cuido de você.

Sua casa é logo ali.

Pronto, chegamos.
O porteiro nem vai notar que tem mais alguém no carro.
Posso me abaixar se você quiser...
Já me abaixei...

TESÃO

Sua mão enrosca nos meus cabelos e empurra.
Fico quase sem ar!
Seu cheiro...
Seu gosto...
Tudo de novo!

Já está bem tarde e não tem ninguém na garagem.
Não vamos conseguir sair desse carro.
Foda-se o barulho.

Desliga o farol!
Encosta bem ali no canto onde não dá pra ver.
Te quero aqui...
Um pouco dentro do carro...
Carícias... beijos ...
Te quero fora do carro...
Jogada no capô,
com o vestido já na altura da cintura.

Você e mais nada!
Já falei que adoro esse salto alto.
Também já falei que essa marquinha me deixa fora de mim.

Uma mão nos cabelos longos.
A outra te puxa com força.
Não grita!
Não fala nada!
Só sente...
Só mexe...
Frenética...

Você adora quando eu te chamo de puta, né?
PUTA!

Nossa! Olha o que seu beijo faz comigo!
Por uns instantes sai desse lugar barulhento.
Voltamos para o começo.
Onde estamos mesmo?
Eu estava imaginando a gente.
Vamos sair daqui?
No seu carro?

Eu, você e sua amiga

Eu, você e sua amiga.
Você e sua amiga.
Eu.
Eu e você.
Sua amiga.
Sua amiga e eu.
Você.
Nós três!

No dia seguinte...

Eu lembrando você e sua amiga.
Você.
Sua amiga.
Nós dois.
Eu e sua amiga.
Que loucura.

Pode me chamar de pervertido.
Luxúria.
Prazer.
Pecado.

Eu, você e sua amiga.
Nós todos no mesmo lugar.
Não consigo pensar em mais nada.
Quero me divertir!

TESÃO

Quer se divertir comigo?
Chama a sua amiga!

Depois a gente fica um pouco sozinho.
Eu e você.
Eu.
Você.

# Se você soubesse...

Tá bom!
Fico te olhando sim, e daí? Imaginando cada detalhe que esconde.
Pensando em como vou fazer pra te chamar atenção.
Mas isso pouco importa!
Te olhar me dá prazer, me faz imaginar essas coisas.
Em poucos segundos você é minha e faço o que eu quiser!
Sumo com todas as pessoas ao redor...
Ou encontro um lugar escondido deles em que possamos nos tocar.
Fico querendo saber que gosto você tem.
Qual seu cheiro?
Do que você gosta?

Preciso ter calma.
Confabular cada movimento nesse jogo.
Pensar em várias formas de te trazer pra perto.
Não tem nada a ver com admiração...
Nem com vontade de estar todos os dias dividindo os sonhos.
Não é romance!
É desejo!
É prazer!
Não tenho vergonha de admitir isso.
Prefiro falar a verdade na lata!

Porque se você for safada como mostra a sua cara,
se você não tiver vergonha,
se você for bem resolvida,
vou ter o que quero, e você também.

No dia seguinte, vale o que a atração ordenar!
Queremos mais? Teremos mais!
Não queremos mais?
Acabou e pronto!

Sem remorsos ou arrependimentos!
Sexo por sexo!
Prazer...
Gozo...
Ousadias...
Fantasias...
Coisas gostosas.
Como imagino quando vou tomar banho depois que volto da academia.

Mas você não sabe de nada disso.
Você nem sabe quem sou eu...
Você nem deve pensar que imagino essas coisas te olhando.
Ainda outro dia fiquei observando você perambulando.
Que delicia.
Os peitinhos do tamanho que eu gosto:
durinhos... empinados...
Dava pra ver que você tinha tomado sol.
Ah... a maldita marquinha!
Quando você ia para o outro lado,
ficava reparando na sua bundinha...
Deliciosa!
Uma mulher...

Você não é perfeita...
Mas é isso que me deixa com mais tesão.
Fico imaginando você sem essa roupa...

Só de calcinha.
E uma camisetinha branca...
Sem nada por baixo!

Imaginando você assim...
suada... molhada, sem frescura!
Imaginando que te puxo pra perto...
Te viro de costas e me encosto com força em você!
Aperto com as mãos sua cintura e te esfrego em mim.

Sabe a varanda?
Pois é... te coloco encostada olhando lá fora..
Pouco importa a paisagem...
Importa é que posso pegar seus peitinhos...
Esfregar minhas mãos por baixo deles...
Apertar devagar os biquinhos
Enquanto a outra mão encontra as suas coxas.
Macias. Gostosas.
Vou passando a mão em você.
Passando a mão meeesssssmooooooo!!!
Até pegar e colocar sua calcinha para o ladinho e sentir
o quanto te deixo com tesão.

Se eu te contasse tudo que imagino quando te olho...
Você ia, no mínimo, me dar um tapa na cara.
Mas teria razão, porque eu só penso em putaria.
Em te colocar deitada na minha cama.
Com as pernas completamente abertas,
Enquanto você me observa...
Completamente pronto pra te ter!
E te puxando pela cintura, rapidamente te encosto a mim...
E dessa vez lentamente vou te puxando pra mais perto...
Mais... mais... mais...

TESÃO

Puta merda!
Olha eu aqui de novo...
Imaginando essas loucuras com você.
Se você soubesse disso... o que faria?
O que pensaria?
O que diria?

Dane-se também...
No meu pensamento quem manda sou eu.
Sendo assim... olha só...

Sabe aquela sua amiga gostosa?
Então... se eu quiser colocá-la também...
Você não tem como me impedir.
Aliás, se eu tiver vontade mesmo... você passa até a gostar dela também!
Passa a entrar na brincadeira...

Mas que maluco sou eu.
Fico aqui só olhando.
Sem nem um pingo de atitude.
Deixa pra lá!
Você nunca iria aceitar isso mesmo!
Por que estou aqui achando que conseguiria?

Volto a pensar outra hora.
Até logo...

Gostooooooooooossssssaaaa!

Segredos

Tudo em segredo.
Ninguém pode saber de nada e assim fica mais gostoso
Aventuras, loucuras... só nós dois!
Mãos, pele, beijos, cheiros, a química que inflama!
Fica irresistível te ver assim.
Você sabe muito bem como me provocar.
Sabe como me tocar gostoso.
Sabe como me manter o tempo inteiro te olhando.
Tem tudo que me chama atenção.
Fico aqui te observando e imaginando como você é na cama.
O que você é capaz de fazer.
Sua cara não esconde.

Adoro esse jeito de menina safadinha.
Deliciosa!
Pare de me provocar!

Vou te pegar bem gostoso e te beijar todinha.
Percorrer cada detalhe do seu corpo... bem devagar.
Passo a passo te convencendo a me ceder espaços.
Vou conquistando pedacinho por pedacinho.

Olha só como você me deixa!
Completamente louco, não consigo esconder de ninguém.
Coloca a mãozinha pra sentir um pouquinho...

TESÃO

Quero te sentir também, mas não agora.
Primeiro quero beijar seu pescoço bem de leve.
Quero falar um monte de coisas no seu ouvido.
Você gosta de ouvir sacanagem, né?
Eu sei que você gosta!
Safada!
Gostosa!

Vou me esfregando em você, ficando cada vez mais um só.
Sinto suas pernas se encostando em mim.
Você rebolando bem devagar.
Calor!

Me deixa beijar sua barriguinha.
Me deixa ir subindo.
Me deixa tocar seus peitinhos.
Eles são lindos.
Empinados.
Naturais.
Vendo pelo espelho, parece que estamos num filme, desses que as pessoas têm vergonha de assumir que assistem e gostam...

Agora vem aqui.
Me deixa tirar sua blusa.
Fica totalmente entregue e sente como estou!
Se afasta um pouco pra eu te ver melhor.

Que delícia!
Não tem como resistir!
Marquinha de biquíni...

Te pego pela cintura e te jogo de frente para o espelho.
Fico olhando enquanto te passo a mão no corpo todo.
Nas coxas, na barriga, nas costas... na bundinha!
Quero sentir escorrendo pelas pernas...

Fodam-se os vizinhos...
Vamos fazer barulho... muito barulho.

TESÃO

Seu Banho

Quero te ver tomando banho.
Tô ligando o chuveiro enquanto você tira o pouco
da roupa que deu tempo de colocar.
A água quente solta aquela fumaça que deixa
o espelho todo embaçado.
Coloco um som e deixo uma meia luz iluminando tudo.
Você é muito sexy...
Toda gostosinha.

Mas antes de entrar, deixa eu te olhar...
Veja pelo reflexo a minha mão escorregando
pelo seu corpo.
Massagem no pescoço, braços...
Apertando de leve seus peitinhos, enquanto
um beijo de língua vai tirando as gotinhas do vapor
que já se formam na sua nuca.

Seu coração tá batendo forte...
Consegue sentir?

Tá ficando muito quente aqui dentro.
Você já está toda molhada, escorregando.
Me esfregando todo em você, dá pra sentir
sua pele macia.

A água continua caindo...
Enquanto a gente se distrai com gestos simples.
Beijos e toques.

Vai para o chuveiro que quero te ensaboar todinha.

Olhar você assim me tira do planeta.
Veja como me deixa...
Coloca sua mãozinha.

Delícia.

Você pega tão gostoso.

Para!

Me deixa passar o sabonete em você
Começando pelos pés...
Passando minhas mãos pelas pernas...
Coxas... bem devagar.

Vira de costas.
Sem palavras...
Encosto meu corpo no seu.
Quero que você me sinta de perto.

Vou ensaboando sua bundinha.
Suas costas.
Seus braços.
Me dê sua mão!
Agora você passa em mim!

Meu pescoço primeiro!
Muito bom.

TESÃO

Minhas costas, bem devagar.
Meus braços.
Enquanto minhas mãos passeiam por entre suas pernas.

Desce mais.
Isso!

Acho que não vai dar pra aguentar muito tempo.

Para!

Te viro de costas, com as duas mãos na parede.
A água que cai nos nossos corpos, só deixa
tudo muito mais quente aqui.
Te pego com força pela cintura
e somos um só novamente!
Bem devagar.

O som que tá rolando dita o ritmo.

E assim ficamos... e ficamos... ficamos...
Até sentir sua perna tremer de tanto tesão!
Toda molhada te levo pra cama...

Molhamos o lençol todo...
Fazendo tudo que todo mundo gosta
e tem medo de admitir.

Abro a janela pra quem quiser ver.
Você nua.
Gostosa.

TICO SANTA CRUZ

Dos Sentimentos Pervertidos

Estávamos só eu e ela.
Quando percebi o que se passava naquela sala branca
e espelhos com lâmpadas.
Foi imediato, a marquinha de sol me chamou atenção e
depois percebi que tinha lindos olhos também.
Olhar nos olhos é importante.
Você depois percebe a boca, o pescoço e vai analisando
delicadamente e com atenção cada detalhe do corpo.
Atração física é assim.
Nada mais importa.
A cabeça num segundo momento começa a bolar uma estratégia
para conseguir convencê-la de que vale a pena se arriscar e se
divertir um pouco sem pensar no que os outros vão dizer.
Posso afirmar categoricamente que não tinha mais de 25 anos de
idade.
Voz sexy.
Jeito sexy.
O vestido preto me chamava atenção pelo contorno
de suas formas...
Uma delícia, devia ser toda durinha.
A bundinha arrebitada me acelerava o coração.
Imaginei mesmo...
Ela entrando no quarto comigo quase que me levando
à força e me beijando com vontade de arrancar meus lábios.
O cheiro é importante, principalmente quando tem cheiro de
mulher... aquele cheiro gostoso que não precisa de nenhuma outra
essência senão a da natureza.
Continuei imaginando ela me puxando para a cama e

me lançando as pernas na cintura, me apertando bem firme.
Imediatamente meu instinto mais animal me tomou
e fiz um comentário no seu ouvido...
«essa sua marquinha de biquíni tá cruel»
Ela sorriu.
Perguntou: – Você gosta?
Respondi: – É meu ponto fraco.
Ela deu um sorriso sarcástico... e delicioso.
Carinha de safadinha, daquelas que se fazem de bobinha
mas que na hora H dão um banho nas metidinhas a gostosa.
Mulher que sabe seu poder não fica tirando onda.
e nem falando muito... Quando quer de verdade vai lá e faz porque
tem consciência de que nós, homens, somos loucos por vocês!

Então continuei olhando em seus olhos, tentando mostrar
sem palavras que estava louco pra pegá-la de jeito
pela cintura, encostá-la na parede, e me deliciar, me esbaldar até
cair de cansaço na cama, todo suado.

Não sei se ela percebeu...
Mas acho que no mínimo entendeu que eu estava
cheio de tesão.

Veja como as coisas são.
O tempo foi passando e eu só conseguia imaginar um monte de sacanagem.
Imaginei como deveria ser ela, peladinha se olhando no espelho
e me provocando, me perguntando se eu havia mesmo gostado
daquela marquinha linda.
Depois imaginei, beijando o corpo dela todinho, começando pelos
pés, subindo pelas coxas, e subindo e parando...

e me deliciando... por longos e longos minutos, até escutar
gemidos altos e um puxão de cabelo que me levou direto até a
sua boca...

As mãos agora parecem várias.
Me pegando e apertando meu corpo contra o dela.
Me prendendo e me puxando gostoso pra que, em
milésimos de segundos, me sinta fora do planeta
bem próximo da mais distante galáxia.

E vou sentindo ela ficando cada vez mais suada
e mais quente.

Minhas mãos seguem firmes, passando
bem gostoso por baixo dos seus peitinhos.

Que delícia...

Ela deve ser uma loucura na cama.

Precisava me recompor e não deixar
que ninguém percebesse a minha intenção.
E foi o que fiz.
Mas quando voltei pra minha casa e me lembrei
de tudo isso...
Me deu uma vontade louca de voltar no tempo
e pegá-la de jeito!
Sem hesitar!
Dentro do banheiro e sem ninguém pra perturbar...
Ali dentro... com as mãos na boca dela...
Ninguém ia ouvir um só ruído.
só iam sacar depois
que nós dois estivéssemos com as pernas tremendo.

Dos pecados: Luxúria

Acendi algumas velas e deixei o quarto iluminado somente de forma que pudesse ser visto o que interessava ser visto.

Coloquei um som dançante e agradável, acendi uns incensos e ficou um clima delicioso.

O cheiro era estimulante e as taças de vinho já pela metade ditavam o ritmo da noite.

Não queria ver e nem ouvir mais ninguém, tirei o telefone do gancho e em seguida me aproximei passando meu braço pelo corpo dela.

Nossas pupilas estavam dilatadas, um pouco de suor já escorria tamanha a energia concentrada.

Ela estava vestida com uma saia bem pequena e bem justa, salto alto e uma blusinha sem nada por baixo, que me deixava perceber as formas dos seus peitinhos maravilhosos.

Eu estava de calça preta e camiseta vermelha, botas e sedento por diversão.

A gente dançava bem devagar e se encostando gostoso, de forma que cada parte do meu corpo percorria o dela como se nossas peles estivessem repletas de imãs.

Os poros pareciam estar totalmente abertos e os movimentos contínuos, porém lentos, faziam com que meus pelos ficassem todos arrepiados.

O espelho era nossa única testemunha.

Mais alguns goles e deixei um pouco de vinho escorrer pela minha boca, pingando no pescoço e escorrendo por dentro da blusinha dela.

Imediatamente passei minha boca limpando cada gotinha que insistia em correr pelo seu corpo.
Segurei bem forte na sua cintura e me colei todo até encostarmos juntos à parede.
Ela levantou os dois braços e ficamos nos mexendo em movimentos que me levaram à loucura.
Não consegui disfarçar...
Ela já não fazia mesmo questão de esconder a excitação e se esfregou bem gostoso, mexendo sua cintura com força contra mim.
Ficamos longos e longos minutos assim, nos deliciando um no outro.
Minhas mãos já percorriam o seu corpo todo, apertei o pescoço e fui passando pelos braços, pela barriga, subi novamente por baixo da blusa e com meus dedos esfreguei levemente os biquinhos dos peitinhos duros dela.
Ouvi um gemido e cheguei o rosto mais perto, passando minha boca perto da sua boca, num beijo gostoso e depois, já de frente um para o outro, fui passando meus lábios pelo seu corpo, tirei a blusa e a deixei só de saia e salto alto.
Afastei-me um pouco para observá-la...
Ela dançava passando as mãos pelos peitos e em seguida passando por entre as coxas, afastando para o lado sua minúscula calcinha branquinha...
Fiquei hipnotizado com aquela imagem deliciosa.
Voltei para mais perto e derramei o resto do meu vinho todo pelo corpo dela, e novamente, fui lambendo cada parte molhada.
Uma mão apertando forte a cintura e a outra passando bem devagar por entre as pernas... senti seus pelinhos loirinhos se arrepiando...
Coloquei a mão na sua calcinha e a rasguei...
Agora ela estava só de saia e salto alto.

A marquinha de biquíni me instigava e fui passando a boca pela coxa... barriga... e parei nos peitinhos lindos...
Que delicia!
O quarto repleto de vela, o cheiro, o gosto... o espelho...
Ficamos nos olhando juntos, um se esfregando no outro, até que ela me jogou na cama e ficou me observando...
Tirou minha calça, minha camisa e me mandou colocar novamente as botas.

Pedi para ela dançar um pouco para que pudesse vê-la
Fez isso deliciosamente, me deixando louco.
Subiu na cama e foi abaixando até se encostar em mim.
Ela rebolava, já estava me contorcendo de tanto tesão... Saí do alcance das suas pernas e me levantei.
Ela estava linda, suada, deliciosa, de pernas bem abertas e me convidando.
Me ajoelhei à sua frente, fui chegando perto, bem devagar. Fomos nos encostando e seguimos o ritmo da música, sentindo cada pedacinho, cada espacinho sendo preenchido...
Nos encostamos e assim ficamos por um bom tempo.
Mãos na cintura puxando pra perto de mim...
Mãos... no pescoço pedindo sua boca...
Mãos nos peitos apertando-os e trazendo-os até meus lábios...
Ficamos assim... nos conhecendo até o primeiro raio de luz entrar pela janela.
Nós dois caímos mortos no chão... e de lá só nos levantamos depois de muitos beijos....

De todos os pecados o que mais me atrai é a LUXÚRIA.

Por quê?

TESÃO

À espera de nada

Visão da alma à livre escolha.
Caminhar e amar sem esperar ser amado.
Perceber e sentir sem se encontrar magoado.
Descobrir e aprender enquanto houver emoção.
Persistir, percorrer caminhos que trilham a ilusão.
Entender e aceitar que poucos estão satisfeitos.
Enxergar e exaltar o oposto de um grande defeito.

Ontem te vi passeando seminua.
Percorri suas formas.
Deliciei-me com a visão.
Te desejei enquanto fechava os olhos.
Imaginei cenários loucos em luzes que piscavam
músicas frenéticas.
Movimentos suaves e ritmados.
Seu gosto.
Seu cheiro.
Sua pele.
Olhei bem para a sua boca.
Seu sorriso sarcástico, como quem domina um inocente
e mostra pra ele o prazer do medo, da dor.
Um prazer diferente.
Anestesiante e leve como um sopro nos ouvidos.
Intenso como uma tempestade de verão.

São só luzes lá fora, meu amor.
Estamos todos a sós.
Feche seus olhos e se entregue pra mim.

Confie seus segredos mais secretos.
Quero me aproveitar de ti.
Esqueça o amor!
Jogue fora todos os seus conceitos.
Limpe a alma de qualquer vestígio humano
Vamos transgredir.

Olho nos seus olhos.
Olho para os seus peitos.
Olho para suas coxas.
Um segundo e nos tornamos os espíritos mais terrenos que existem
em busca de êxtase sensorial.
Girando em torno da lua.
Experimentando os sentidos mais avançados.

Ontem percebi que sou um egoísta.
Que o amor é uma experiência de laboratório.
A ficção científica nunca conseguirá retratar.
Vamos nos perder sempre.
Porque ele nos leva ao encontro dos nossos sentimentos
mais puros...
Com as coisas mais estranhas que jamais pensamos sentir.
É como se mergulhássemos dentro de um espelho e lá não existisse matéria, só códigos e informações lógicas, uma infinidade de números buscando um sincretismo imediato para fazer sentido no mundo «real».

Espere um minuto!
Acho que fui longe demais.
Estava querendo um orgasmo...
Sentir seu corpo tocando no meu
Sentir seu coração batendo forte

E onde vim parar?

Livre alma um dia se encontra.
Escolhe a maneira que for mais confortável,
porque todos nós temos um limite
e sempre existirão limites a serem ultrapassados,
até que um dia se percebe que esses somos
nós mesmos quem inventamos
criamos em nossas histórias,
abrimos exceções quando conveniente,
buscamos hipóteses, dúvidas e motivações
para que no fim de tudo possamos fechar os olhos
e dormir em paz.
Sem pesadelos...
Só satisfações.

Abra a porta e acenda a luz.
Me veja livre enquanto estamos aqui.
Deseje a liberdade porque, quando tudo voltar a ser como
era antes, nossos ouvidos escutarão um barulho e pronto...
Viajaremos rumo a uma estrada nova com novos objetivos.
Você escutará um choro e não vai saber se foi
de felicidade ou de tristeza.
É chegada a hora do seu nascimento
e o que vem pela frente perderá sentido quando o final estiver
próximo.

Faça o seu melhor!
Livre alma a vida escolhe!

Sorte.

Ordens são Ordens

Olhares.

Toques.

Nós três e mais ninguém.

Ela me pede pra ficar observando.

Quer me ver com sua amiga.

Imediatamente mudo o foco do meu olhar.

Me aproximo devagar e dou um beijo demorado.

Escuto o suspiro vindo da outra direção.

Me sinto ainda mais atraído pela sensação de que alguém nos observa.

Passo minhas mãos pelo corpo, beijo o pescoço e olho para o lado.

Ela sorrindo faz um sinal com a mão para que continue o que estava fazendo.

Sigo suas ordens.

Sua amiga me aperta com força, passando as mãos em minhas costas e arrancando minha camisa.

Passa a mão por todo meu corpo.

Continuo olhando, para uma e para a outra, sempre nos olhos, tentando decifrar alguma coisa.

Levanto e me aproximo da que estava nos olhando.

Ela segura na minha cintura e me puxa pra perto.

Passa a língua na minha barriga e me pega com as mãos pelo cabelo.

Beija minha boca.

Vou em direção a sua nuca.

Agora a outra vai tirando a roupa na cama enquanto me vê com sua companheira de aventuras alucinadas.

TESÃO

Tiro sua blusa rosa e fico louco com seus peitos apontando para cima, bicos rosados e duros.
Minha boca em sua direção.
Minha boca não consegue parar de sentir o gosto.
Minhas mãos passam suavemente por baixo deles.
Leves apertos.
A outra me puxa pra trás e me beija sem que eu consiga ao menos reagir.
Estamos nós dois novamente.
Loucos, pele, suor, cheiro, gosto, tesão...
Mãos, coxas, desejos.

Sorrisinho safado e me puxa para mais perto.
Tira minha calça, minha bota, me expõe...
Escuto as janelas sendo abertas.
O céu estrelado e o silêncio da madrugada.

Me coloco de joelhos e ela vem pra me beijar.
Me beija gostoso enquanto a outra se delicia com a cena.

Agora a ordem partiu para ela.
E foi atendida.

Sorrisos e palavras obscenas.

Sentia o prazer da liberdade.
Sem falsos conceitos ou regras.
Sem preocupações ou culpas.

Sexo!
Fantasia!
Tesão!

Sentia sua boca.
Meus músculos todos contraídos...
A música como elemento químico.
A total sintonia com o sentimento mais selvagem da natureza humana.

Empurrei-a para trás.
Segurei suas mãos quando já deitada.
E me fiz presente entre suas pernas!

No primeiro momento esqueci que havia mais alguém ali e me entreguei ao deleite do momento.
Vibrações, movimentos fortes...
As pernas dela davam voltas por minha cintura.
Gemidos... sussurros nos ouvidos.

Minha boca percorria o que conseguia encontrar pelo seu caminho.
Peitinhos duros e só a luz do banheiro iluminando a cena.

Olho para os lados e está a outra se observando no espelho.
Seminua.
Deliciosa.
Mundos paralelos com atitudes paralelas.
Sentia uma enquanto olhava para a outra.
Muito gostosa.
Com uma calcinha minúscula.

Ela voltou até sua cadeira e continuou nos olhando.
Nos viramos para ela.

De quatro.
Uma de frente para a outra e eu observando tudo.

Peguei-a pela cintura e agora era minha vez de comandar.
Bem de leve.
Olhando nos olhos de quem me dava as ordens.
Mais rápido.
Mais forte.
Mais movimento.

Com intensidade ela se deita e continuo por cima.
Deitadinha, com a bundinha pra cima e seus cabelos em minhas mãos...
Leves puxões.
A outra se encontrava.
Se tocava.
Sorria.
Olhava dentro dos meus olhos.
Gemia.
As duas estavam deliciosamente entregues.

E mais um pouco os personagens trocam de posição.
Agora somos eu e ela.
A que dava as ordens agora é a que recebe.
Será?

– Minha vez de se divertir!

A outra senta no antigo posto.
Sorri e coloca as mãos no peito como se quisesse sentir seus batimentos acelerados.
Os meus também estavam!

– Não fala nada! Só faz!

Mais um desejo seu.
Beijos, toques, senti o ar aquecendo.
Senti-a entre minhas pernas.
Sua boca.
Suas mãos.

Nós!
Totalmente descontrolados.
Som alto!
A cama fazendo muito barulho.
A outra olhava como se nunca tivesse visto antes.
Gemidos.

Mexia com força.
Mais agressiva!
Rebolando gostoso!

Sentia-me um escravo.
Mas adorava me sentir assim

Fui sendo observado enquanto me deliciava com a situação.
Nós três e mais ninguém.

Em pouco tempo o sol estaria começando seu turno.
Nós ainda não havíamos terminado a história.
Foram mais alguns minutos de intenso prazer.

Diversão.
Rock n' roll.
Extremo prazer!

TESÃO

Dúvidas?
Incertezas?
Destinos?

Não tentei explicar nada.
Só me entreguei ao momento.
Fantasia!

Acordo sozinho.

Sigo para um dia longo.

Quero estar feliz.
Assim estou!

Como gosto tanto disso?
Sem explicações!

Sonhos e segredos.
Não conte pra ninguém, ok?

TESÃO

Mulheres Perigosas

Você me acha bonita?
Se sente atraido por mim?
Quer ver meus seios agora?
Quero mostrá-los a você, não estou usando nada por baixo, consegue perceber?
Hummmmmmm.
Me aperta com força!
Assim, bem gostoso!
Vejo no seu olhar o quanto está desejando descobrir o que há por baixo da minha saia.
Estes olhos sedentos por aventuras loucas.
Continue sussurrando palavras obscenas pra mim.
Você é um depravado!
Adoro quando me chama de vagabunda.
Quando abre minhas coxas com vontade e se ajoelha na minha frente!

Não faz assim...
(suspiros)
Para!
Sabe que não podemos começar pelo final.
Levante-se, por favor, isso é maldade comigo!

Sabe o que é mais insano nisso tudo?
Esse teu jeito de fingir que toda essa loucura é normal.
Como se o mundo estivesse lá fora, pausado, enquanto nós nos divertimos sem pudores aqui nesse lugar estranho.
Meus gritos, minha vontade de chorar quando estou te sentindo

dentro de mim!
É incontrolável, parece que algo toma minha alma e passo a flutuar.
Ficamos colados, suados, pingando de desejos, nos instintos mais terrenos que existem.

Sei que isso nada tem a ver com amor!
Amor é diferente. Não vou filosofar agora.
Com o passar do tempo, fui entendendo bem a diferença entre o que sinto quando estou apaixonada e o que quero quando estou puramente determinada a acabar com meu tesão!

Olhe bem para os meus seios!
Gosta quando passo a mão assim, me dedicando a movimentos circulares nos bicos?
Me dê sua mão!
Sinta você mesmo!
Passe assim, com carinho, bem devagar...
Veja como fico entregue quando estamos juntos.

Me deixa colocá-los perto de seus lábios.
Me beija!

(silêncio)

Sim, sou sua!
Mesmo que só essa noite e tomara que não passe tão rápido quanto da última vez que fiquei te imaginando, me olhando como está agora.
Só meu!
Sem mais ninguém por perto.
O som que adoramos ouvir quando estamos sozinhos.

Minha vez de ajoelhar.
Deixa eu te sentir um pouco, te beijar.
Adoro te ver assim, descontrolado.
Relaxa...
Feche os olhos.
Sinta a minha boca percorrendo seu corpo.

Coloque suas mãos por entre meus cabelos e me guia.
Estou tão molhada.
Chego a ficar envergonhada quando estamos perto.
Minha roupa fica úmida.
Começo a suar, minhas mãos ficam inquietas.
Prefiro até sair de perto.

Senta aí!
Fica quietinho, enquanto me observa.
Quero ser observada por você!
Me sentir desejada como nunca por outro homem.
Quero te olhar, até decidir a hora em que estaremos completamente conectados.
O calor que faz só me deixa ainda mais preparada para nosso duelo.
Quem vai resistir mais tempo?

Agora vou me virar de costas e quero que imagine como será quando me aproximar e tocar minha pele na sua.
Como poderei mexer de forma que tenha todos os seus sensores trabalhando por mim.
Quando uma mensagem do seu cérebro indicar que só o que resta é uma ação violenta que me coloque a sua disposição em leves e intensos movimentos para te fazer derreter comigo.

Me afasto.

Quer um pouco de água?
Posso derramar no meu corpo.
Nas minhas pernas...
Deixo até que passe sua boca para sentir o contraste das temperaturas.
Percebe como estou quente?

Vou dar alguns passos me equilibrando nesse salto que tanto gosta de me ver usar e preciso que respeite meu momento.
Não toque em mim.
Deixe que eu faço o trabalho sozinha.
Vou me aproximar lentamente até estar todinha no seu colo.
Vamos nos divertir muito!

Me acha gostosa?
Se sente atraído por mim?

Pronto, agora somos só nos dois!
Que delícia!

TICO SANTA CRUZ

Uma questão de ponto de vista

- Estamos sós?
- Você não tem certeza?
- Fechou a porta?
- Por quê?
- Alguém pode nos ver!
- E qual seria o problema? Acho que iria gostar.
- Eu iria se estivesse passando do lado de fora.
- Então esquece o lado de fora.
- Quer um pouco de refrigerante?
- Prefiro algo mais leve!
- Suco? Água?
- Tem whisky?
- Tenho. Com gelo?
- Pode ser!
- Gosta de destilados?
- Gosto de aventuras.
- Que tipo de aventuras?
- Das que me deixam com um nervoso, frio na barriga.
- Tipo montanha-russa?
- Não, tipo sexo com desconhecidas.
- Sério?
- Sério, mas que homem não gosta?
- Todos, vocês são iguais em tudo, até nos clichês.
- Os clichês são divertidos, não acha?
- Depende.
- De quê?
- De quem os utiliza!
- Peço licença então para utilizar alguns!

53

— Não tem nada mais criativo?
— Tenho!
— Me dá uma prova disso!
— Tira a roupa!
— Como assim? Tira a roupa?
— Tira a roupa! Me deixa te ver, só te olhar um pouco.
— Quer me ver?
— Adoraria!
— Então por que não fecha os olhos e me imagina?
— Posso fechar meus olhos e te imaginar, mas aí qual seria a graça em ter o controle total sobre seus atos?
— Como assim?
— Na minha imaginação mando eu. Faço o que quiser com ela, sem limites, e assim não teria a menor graça.
— Gosta de limites?
— Gosto de quebrá-los.
— Mais um clichê a seu favor.
— Não tenho muitas saídas nobres. Acabamos de nos conhecer!
— E daí? Não tem nada mais inteligente para me dizer?
— Tenho, mas estamos disponíveis para filosofias?
— Sua inteligência se resume a filosofias?
— Não, astrologia, ciências sociais, geografia... O quê?
— Prefere discutir, agora que estamos aqui, sozinhos, loucos e morrendo de tesão?
— Quem disse pra você que estou com tesão?
— E por que não me deixa descobrir?
— Quer colocar a mão em mim?
— Por que você não coloca a mão em mim?
— Está rindo de quê?
— Da sua ingenuidade!
— Consegue ver como estou interessado em descobrir formas inteligentes de te instigar a colocar a mão em mim?

– Você é um tolo!
– Sou?
– É!
– Mas ainda assim, acho que posso te convencer a ficar nua!
– Só quer transar comigo?
– Só!
– Cara de pau!
– Veio até aqui só pra tentar me comer?
– E você veio até aqui pra quê?
– Porque queria ver se você se comportaria igual a qualquer um, e não me decepcionei.
– Não te decepcionaria.
– Quer mais bebida?
– Qual sua intenção? Me deixar bêbado?
– Não!
– Então me diz, qual é a sua intenção?
– Não sei.
– Entra com um estranho num lugar onde ficamos a sós e não sabe com qual intenção?
– Achei você interessante.
– E...?
– E achei que fosse diferente!
– Não sou?
– Não sei, mas parece que não!
– Porque estou com vontade de te comer?
– É! Na verdade, sabia que isso iria acontecer!
– E por que então me convidou?
– Não tenho respostas pra tudo.
– Também não tenho tantas perguntas assim!
– Mais um ponto!
– Quanto está o placar?
– Três a zero você.

– Zero a zero!
– Quatro a zero com esse!
– Certo, sendo assim, acho que vou me levantar...
– E ir embora?
– Sim, estou me sentindo inconveniente.
– Ou está se sentindo incompetente?
– Também, mas não vim pra cá para uma peleja!
– Uma peleja? Há muitos anos não ouvia essa palavra!
– Está vendo como tenho um vocabulário vasto?
– Você gosta de rir e de provocar.
– Não gosta de ser provocado?
– Gosto!
– Então?
– Então...
– Estou tentando ver até onde nós vamos.
– Deixa ver se entendi... entramos aqui, estamos sozinhos, você está vestida com um vestido onde consigo ver exatamente as formas do seu corpo, sei dizer até qual o tamanho da calcinha que está usando, está com frio também?
– O que está sugerindo?
– Estou perguntando!
– Não estou com frio, não!
– Bom, então, depois de dançar a noite toda como se estivesse se despindo pra mim, me encarando, passando bem perto para que pudesse sentir seu cheiro, finalmente nos conhecemos e entramos no seu carro. O que acha que esta sucessão de atitudes pode estar sugerindo?
– Na sua opinião, que quero te dar!
– E na sua opinião?
– Na minha opinião, que gostaria que você fosse um pouco mais romântico.
– Eu sou pornográfico, acho que procurou na seção errada.
– Sua capa não diz o título.

– Se fosse pela capa, então acho que me daria o direito de reclamar, propaganda enganosa!
– Está querendo dizer o quê com isso?
– O que você entendeu?
– Estamos discutindo em nosso primeiro encontro?
– Estamos!
 Se isso fosse realmente um filme, seria uma comédia.
– Pra mim, se fosse um filme já teria saído do cinema.
– Estúpido!
– Por quê?
– Porque só me quer como um objeto!
– É essa a conclusão que chegou?
– Não, cheguei a muitas outras, mas não quero falar sobre.
– Tudo bem, neste caso, vou embora!
– Tudo bem...
– Então, foi um prazer te conhecer!
– Foi?
– Pensei que seria...
– E não foi?
– Você é linda, instigante, gostosa, mas estamos com interesses bem diferentes.
– E não consegue administrá-los?
– Eu não quero administrá-los, quero trepar.... dá pra entender?
– Grosso!
– Estou achando que me trouxe aqui para passar seu tempo.
– Pode ser também!
– Tudo bem, te entendo, se fosse mulher, faria o mesmo!
– Faria?
– Não, se eu fosse mulher, seria uma vadia!
– Se eu fosse uma mulher, não ficaria agindo como se o interesse em ter prazer fosse só do meu parceiro, acho que assumiria que sinto tesão e que gosto de me divertir sem romantismos ou compromissos.

– Neste caso, você seria uma mulher com personalidade de homem!
– ... Ou seria uma mulher independente...
– Porque deu na primeira noite?
– Não, porque saberia o que estava fazendo!
– E pensa que não sei?
– E se eu fosse um tarado? Um louco? Um maníaco?
– O que tem?
– O que faria?
– Sei me defender...
– Como?
– Não importa, você não é um maníaco.
– Não?
– Agora, só porque não conseguiu me comer, vai virar um maníaco? Patético!
– Você tá curtindo com minha cara!
– Tô!
– E é divertido?
– Deveria ver como está sem graça!
– Lógico! Não ficaria sem graça?
– Por que deveria?
– Na verdade estou frustrado. Melhor seria ter ido para casa e batido uma...
– Acha que seria melhor?
– Tenho certeza!

– Quer saber?
– Quero!

– Tchau!
– Tchau, gostosão!
– Ah! Os homens, tão sensíveis!

Pormenores

Entre os labirintos de suas fantasias
Existe um caminho que me leva à loucura
Existem perigos e prazeres
Existem demônios e anjos brancos de lindas asas
Existem flores e florestas virgens.

Busque um sentido
Encontre um significado que te alivie neste instante
Existe lógica na existência?
Existe existência sem lógica?

Quando estou sozinho e angustiado,
Me conforto nos seus beijos
Seus seios me calam
Quero servi-la, tocá-la
Meus dentes se travam
Tenho um sonho molhado...

Diante de seus olhos, sou o que quiser ver
Já tive que me desequilibrar para me sentir pleno
Como posso desconfiar do amor se não duvido do ódio?
Um pouco de mim e quase me enveneno.

Sigo atento a cada movimento da lua
O diabo também não duvida da fé
Desconfio de tudo e continuo na tua
Enquanto existir vontade...
O desejo virá na colher.

TESÃO

A metamorfose
O vermelho e o negro
Porta para o infinito
O presente da águia
Uma estranha realidade
Crime e castigo
Uma aprendizagem ou o livro dos prazeres
Semente de mostarda
O apanhador do campo de centeio
Aurora

As perguntas não devem se calar
Estamos presos ou livres?
Deixe tudo pronto para quando o amor chegar.
Posso imaginá-la deitada ao meu lado
Posso imaginá-la sentada no meu colo
Posso imaginá-la despida de pudores
Vamos adiante?

Então tiro suas roupas, te deixo seminua
Mexo com seus brios e sussurro palavras vulgares
Não espere nada de mim nunca!
Sou incapaz de prever o que estarei pensando daqui a um minuto.

Posso te adorar e logo não querer mais ver sua cara.
Foda-se o que isso significa,
Não conto com seus critérios morais
Quero seu sorriso, cores, mistérios.

Quero que se sinta bem
Não te condeno
mesmo que só por um momento
UM POUCO DE MIM E QUASE ME ENVENENO.

Bons sonhos.

Meus olhos em você

Minha boca
Sua boca
Suas pernas
Minhas mãos
Seus olhos
Meu sorriso
Seu sorriso
Um sussurro
Sua nuca
Seu pescoço
Seus peitinhos
Minha boca
Meus abraços
Suas mãos
Minhas costas
Suas unhas
Suspiros
Suas coxas
Um espelho
meus olhos em você.

Fica entre nós

Entregue-se aos seus pensamentos loucos.

Imagine então a cena.
Feche bem os olhos e imagine
um sussurro no seu ouvido direito, pedindo para que
encoste o corpo quente na parede.
Afaste as pernas.
Relaxe.
Agora eu mando.
Eu digo o que deve fazer!

Prendo seus cabelos.
Passo a boca na sua nuca.
Estou bem atrás de você.
Consegue me sentir?

Lentamente, tire sua blusa.
Meus dedos flutuam.
Sinto seu coração batendo forte.
Preencho minhas mãos.

Escorrem gotas de suor...
Deixo-as descer por suas costas
Vou seguindo-as com os olhos...
Invadimos sua saia.

TESÃO

Me ajoelho enquanto dança.
Consigo ouvir sua respiração.
Consigo sentir seu cheiro.
Eu quero mais!

Vire-se de frente.
Agora me dê a mão.
Estamos próximos.
Estamos juntos.

Feche seus olhos
Deixe-me te levar....
Um pouco de água no seu colo.
Esparrama-se por entre suas pernas.
Desce por suas coxas.
Acompanho com a minha boca.

Sinto seu gosto
Faz de conta que é só um sonho
Não tenha medo.
Quando abrir os olhos, não estarei mais aqui
Ninguém pode saber.
Ninguém pode notar.

Fica entre nós.

Conte pra ela

Eu sonhei essa noite
que estávamos eu, você e mais uma pessoa.
Não lembro bem quem era, mas se divertia
muito com a situação e a situação me divertia muito
também.
Você estava linda.
Especialmente linda.

Não vou te contar o que sonhei.
Eu quero que você chame alguém para nos observar.
Pode ser uma amiga sua ou sei lá.
Nem precisa participar, se ela quiser ficar só olhando
também vai ser gostoso.
O que acha?

Posso ligar pra uma que conheço se não tiver coragem de
convidar ninguém. Sei que não vai nos decepcionar.
Ela é uma delicia e não tem frescuras, porque gosta muito
e não faz nenhum tipo de restrição. Ela adora se divertir e só.
Nós conversamos às vezes pelo *msn*.
Ela me conta suas loucuras e eu conto as minhas.
Tem dias que ficamos tão entusiasmados com nossos segredos
que me acabo, imaginando cada detalhe de suas fantasias.

Mas isso é outro assunto.
Quero saber o que vamos fazer!

Você podia ligar para aquela sua amiguinha deliciosa.
Enquanto conversa e tenta convencê-la, eu posso ficar
aqui te fazendo um carinho...
Posso passar minhas mãos nos seus cabelos, assim...
Te segurar com força.
Te apertar...
Liga pra ela!

Estou esperando então.

Atendeu?
Fala...
Me deixa ouvir para ver se é verdade.
Diz pra ela que eu tenho vontade de ter vocês duas junto comigo.
Diz logo!

Diz que da última vez que vocês se encontraram eu percebi
que ela não usava nada por baixo da blusinha que estava vestindo
e que fiquei morrendo de tesão.
Diz que quando vamos à praia juntos, coloco meus óculos escuros
e fico me deliciando enquanto ela pega sol de costas.
Diz que ela usa um biquíni que me deixa quase constrangido.
Diz que se ela vier pra cá agora, podemos beber um pouco
de vinho, falar umas bobagens e fazer umas brincadeirinhas
quentes.

Diz pra ela vir. Olha só como eu já estou!

Deixa eu te mostrar enquanto fala com ela.
Me dê sua mão...
Nossa! Você sabe como me tocar.
Deixa eu ver como você está...

Continua falando com ela.

Se quiser pode dizer que estou bem aqui onde estou...
Diz.
Diz que estou passando minha boca nas suas coxas.
Diz pra ela que estou subindo...

Por que não conta que estou aqui na sua frente.
Conta pra ela como estou nesse instante.
Conta que enquanto estão se falando eu vou passando
a mão em você todinha.
Conta que queria passear com minhas mãos por ela também.

O verão é bom por conta disso, deixa teu corpo com
uma cor linda.
Gostosa.
Diz pra ela o que estou fazendo agora.

Ela está vindo?
Que bom!
Desliga esse telefone então e vamos nos divertir enquanto
ela não chega.
Depois a gente mostra pra ela o que sabemos fazer juntos.

Desliga!

TESÃO

Sussurros

Expandindo
minha mente
anda quente
me derreto
nos seus beijos
se entrega
sem culpa
Eu cuido de ti esta noite.

Me deixa ir além
do que
já foi
o dia
amanhece
e estamos nós
a sós
os dois
com o mesmo desejo em comum
só mais um
pouco
a
pouco
vou virando você
e você se vira pra mim

Abre bem
os olhos
me dá

sua mão
me toca
a boca
com a sua boca
e te sinto
quente.

Molhada
de suor.

Ouço
sua voz
no meu ouvido
me contando segredos
desejos
que não tens
coragem
de contar pra mais ninguém.

Conta só pra mim então.
quero ouvir você pedindo...

EU
Quero!

Me dá
atenção...

Dessa vez

Faço?
Não faço?
Faço?
Não faço!
Desfaço
Ou faço e disfarço
O abraço
e o gosto
do seu gozo
em minhas mãos.

Digo mais.
Quer dizer,
digo um pouco a mais,
pois
quero saber
como é você por dentro.

Se está frio,
ou se te amo agora!
Um amor que tem a morte marcada
para depois do amanhecer.

Amanhã amo outra vez
outra
e mais outra
e mais outra
e mais outras

e mais outras e outras e outras
e vou amando
uma vez
cada vez
dessa vez
e é só.

Você tem um cheiro tão bom.
FODA-SE O TEMPO

Espelho.
Você deitadinha de costas.

Ainda é blues.
Então vamos seguindo bem devagar.

Tudo bem.
Se você quer assim, vou ainda mais devagar.

O que acontece que isso só acontece entre nós?

Só com você?

Baby
Baby
Baby

Te falo umas sacanagens e passo meus dedos entre suas pernas.

Não quero *Stairway to heaven*.
Muito lento e romântico.
Não quero ser romântico agora.

Também não vamos ouvir *Going to Califórnia*
Nem *That's the way*

Vamos de *Imigrant song* e foda-se o mundo.

Fica de quatro e não tira os olhos de mim.
Não desvia os olhos de mim, estou mandando!

Agora... sente tudo.

Imigrant song

Deliciosa!

Agora vem cá, que vou te fazer um carinho.
Agora, sim, vamos ouvir *Stairway to heaven*.

Carinhos.
Um pouco de água que derramo no seu colo.

Me abraça, meu amor.

Eu te amo.

TESÃO

Chove em mim

Então imagine só.

Você deitadinha de costas pra mim, num lençol branco, depois de chegarmos da praia, num dia de sol forte, com a cor que escolheu para me provocar. Já tinha na cabeça tudo isso que guardei pra contar e só no seu ouvido, com a boca, com a língua, no pescoço, derretendo, pernas tensas, mãos que não param, mas sabem por quais caminhos devem vir o gosto amargo e o cheiro forte que vêm do seu corpo. Gosto bom, cheiro bom, me desperta, me impulsiona para cima de ti, sem pudores, sem me importar com a janela aberta e com os possíveis olhares curiosos. Quero mais é que nos vejam. Estou em chamas, estou ardendo de vontade de te agarrar pela cintura e enveredar por entre as suas pernas com meus beijos. Pernas que me abraçam com desejo, com intensidade, como um cadeado sem chave, como um labirinto sem saída de onde não quero pensar em me livrar tão cedo. E a cor do bico dos seus peitos me hipnotiza. Tem um contraste delicioso que me causa sensações que nem sequer saberia explicar, se não os lambendo lentamente e mordendo levemente, enquanto fecho os olhos e respiro o ar quente que sai com a sua respiração.

Estamos os dois redundantemente suados, melados e eu quero que você cuspa na minha boca. Que você me passe as mãos pelo meu corpo, que sinta exatamente como me deixou certa vez, quando, desprotegida, passou por meu olhar ainda desconfiado, fibrilando de vontade de te ter sentada em meu colo, nua, entregue ao que quiser fazer.

Pois bem.

Então me encaixo em teus braços. Deixo-me levar pelo silêncio quebrado apenas quando geme bem baixinho, sentindo meus dedos subirem por suas coxas. Esqueça toda a poesia e toda a gentileza e toda a filosofia e todos os assuntos que transbordaram por horas e horas enquanto te queria comigo e me resguardava para não te assustar com pensamentos que atormentavam minha concentração. Meus punhos cerrados e a timidez que os efeitos dos seus olhos nos meus causaram são agora incapazes de se manifestarem. Ajoelha bem diante de mim, sobe o olhar e adivinha exatamente como quero que me toque. Suas mãos agora seguem as minhas. Sou um infinito inteiro querendo te descobrir. Sou o clichê do filme de sacanagem, sou a vulgaridade de um roteiro que pouco importa quando o que está em questão é tão somente o encontro entre dois conflitos, duas ideias opostas, os contrários, os diferentes que com um só movimento tornam-se iguais. Por alguns instantes, onde estive?

Como um entorpecente proibido, que vicia uma geração inteira de dançarinos dos olhos esbugalhados, sedentos por um copo d' água, rebentos da fusão de atritos entre máquinas e robôs, música que não se faz com instrumentos, mas com computador. E quantas noites não passaram em claro sem deixar-me levar até o final, olhando páginas de pornografia e te colocando no lugar daquelas mulheres de pernas arreganhadas, em poses desconcertantes para quem não sabe se entregar.

Elas de quatro e eu te vendo estampada, eu deixando que minha mente vagasse livremente apenas te colocando no lugar daquelas mulheres. Olhava e via você. Bem puta, bem safada, me querendo, colocando minhas mãos na sua boca, meus dentes nos seus lábios, minha história é bem assim. Êxtase, sem censura e sem medo do que queiram pensar de mim.

Imagina só o que não fui capaz de escrever.

TESÃO

Plano A

Na minha cabeça as coisas aconteceriam da seguinte forma:

Te pego pelo braço e levo para um lugar mais calmo. Já sei onde fica. Já planejei tudo.

Digo que desde o momento que te vi voltando da praia com a canga amarrada na cintura e uma blusinha larga, deixando o peitinho balançando, fiquei com muito tesão. Explico que da areia não conseguia desviar um segundo meus olhos de você. Sei que você sabe, porque em momento algum fiz questão de disfarçar!

Então antes que fale qualquer coisa, seguro com força seu braço. Minha língua encontra seus lábios e minha mão corre imediatamente pra pegar na sua.

Na minha cabeça penso que você pode tentar recuar com o susto.

Pouco importa. Te puxo pra perto e beijo seu pescoço. Sinto sua respiração ofegante e você sente meu corpo pulsando.

Sussurro meu desejo em seu ouvido, você solta um leve gemido. Seu hálito é bom e o cheiro de sua pele me faz perder o controle. Minhas pernas contraem e relaxam ligeiramente.

Abaixo, na altura dos seus joelhos, eu vou passando as mãos pelo seu corpo. Pelos pés, finos com unhas pintadas, pela coxa, macia com pelinhos loiros, por baixo de sua saia leve onde não há qualquer sinal de resistência. Formas firmes. Olho nos seus olhos, de onde estou. Fixo meus olhos nos seus enquanto minhas mãos passeiam. Apertam levemente seus peitinhos por baixo da blusa. Sinto os bicos rígidos e pontiagudos. Coloco-os entre meus dedos, eles vão enrijecendo mais.

Levanto.

Levo minha boca de encontro à sua. Encosto meu peito no seu. Minha mão já te sente úmida e quente. Minha mão recebe a sua, que a empurra contra seu sexo.

Você me puxa pra cima. Passa a mão por cima da calça. Percebe que não estou usando nada por baixo. Me puxa contra você. Abre as pernas e encosta o quadril em mim. Faz movimentos fortes.

Te seguro pela cintura enquanto você me arranha as costas.

Então se afasta de mim.

- Gosta dos meus peitos?

Apenas aceno com a cabeça que sim.

Você se vira e olha para trás.

- Gosta da minha marquinha de biquini?

Repito o movimento.

Me encara novamente.

Aproxima-se, ajoelha e me leva para algum além.

Vejo reflexos, borrões de branco. Sinto sua boca. Você me olha nos olhos como fiz.

Você pega e bate no seu rosto.

Entro em transe, minhas pernas voltam a tremer.

Você percebe e me excita mais ainda.

E se levanta. E encosta de frente para a parede e de costas para mim.

- Quer me comer agora?
- Quero.
- Mas não vai, seu filho da puta!

Solto um sorriso.

Você levanta mais a saia.

Vem...

Chego perto.

Você me puxa. Percebe o quanto estou ensandecido.

Você se abre.

Eu encosto levemente, mas você é mais rápida e joga seu corpo contra o meu.

Agora estamos só nós dois no mundo, no planeta.

Você mexe diferente. Você respira diferente. Você solta um grito.

77

Movimentos intensos.
Intensos e rápidos.
Rápidos, intensos e certeiros.
Volto aos seus peitinhos que consigo observar olhando por cima de seus ombros.
- Eles são bonitos, não são?
Passe a mão por baixo deles.
- Eu faço tudo que você manda. Não tenho qualquer controle da situação.
Você escapa de mim.
Estamos frente a frente.
Você me beija e chupa meu lábio.
Afasta novamente as pernas e me coloca dentro de ti.
Estamos de pé.
Assim é tão bom. Fica apertadinho.
Você sabe como fazer. Sabe como se mover. Sabe como pegar.
Levanta uma perna e recebe minha mão de um lado.
Percebe que está firme e levanta a outra perna.
Estou com você no meu colo, de pé, metendo gostoso.
Você treme.
Você se joga com mais vontade.
Você fica mais ofegante.
Sinto seu coração acelerando muito forte.
Você geme.
Você diz coisas sem nexo.
Você grita.
Você rebola e crava as unhas em mim.
Você goza bem gostoso e joga o corpo para trás.
Quase caímos no chão.
Você volta. Novamente somos um só.

TESÃO

Mensagem para você

Observo-te com um olhar cauteloso. A noite está quente e nublada. Uma luz vinda da portaria do seu prédio banha seu rosto, iluminando seus olhos verdes pintados de preto.

Eu recebi sua mensagem: "Se me quiser, serei sua". A verdade é que te quis desde a primeira vez que nos falamos. Tentei desviar meus desejos, concentrando-me em assuntos interessantes que discutimos ao longo da noite, como se eu não estivesse o tempo inteiro imaginando como seria tocar seus lábios. Você se mantém imperturbável, linda e confiante. Procuro não antecipar nada, manter o controle, embora por dentro esteja caoticamente sem governo. Olho de soslaio suas coxas. Meus olhos parecem tomar vida própria e você percebe. Abre as pernas delicadamente. Volto ao seu rosto, você se mantém impassível como se nada tivesse acontecido. Não sorri, não mostra qualquer sinal de desagravo.

Penso: – Não há nada no mundo que eu deseje mais do que ter o prazer de fazer sexo com você, agora.

Digo: – Podemos caminhar um pouco?

Saímos do carro. A rua está calma, apenas o som do ar condicionado vindo de alguns apartamentos. Colecionamos alguns clichês, desses que servem aos momentos em que não sabemos o que fazer.

Acompanho seus passos, disfarçando na medida do viável meus olhares para seus seios. Duros, pontiagudos, que bailam levemente por baixo do seu vestido.

Penso: – Quero muito passar minha língua nesses peitinhos deliciosos.

Digo: – Convenhamos. Você sabe muito bem como deixa todos ao seu redor hipnotizados.

Você sorri maliciosamente.

Quer tocar em mim? – você pergunta.

Mantenho o silêncio.

Dê-me sua mão.

Sinto meu coração pulsando forte. Tudo que penso não tenho coragem de dizer.

Leva meus dedos em sua boca. Passa em seus lábios. Me apresso em te dar um beijo e você se afasta.

– Não.

Fico sem ação.

Você toma um pouco a frente e se vira, olhando-se como se debochasse da minha atitude de adolescente tolo. Fico com o rosto rubro de vergonha, solto um sorriso sem graça, mas resolvo manter a postura.

– Você me quer assim?

E levanta o vestido deixando à mostra uma microcalcinha.

Apenas aceno com a cabeça que sim.

– O que foi, perdeu a voz?

Tento disfarçar minha ereção com um movimento desengonçado. Você acha graça, retorna o vestido ao lugar e se aproxima novamente de mim. Passa a mão entre as minhas pernas.

– Ficou de pau duro, foi?

Tento novamente buscar seus lábios em vão.

– Só quando eu mandar.

Você se afasta, jogando os cabelos para trás, e caminhando em direção a um recuo entre dois prédios. De salto alto, apoia-se numa parede e empina a bundinha pra mim.

Sinto falta de ar, uma ânsia no centro do peito.

Você finge uma dança, pouco se importando se há ou não alguém nos observando.

– Venha por aqui.

Entramos num pequeno beco.

A luz vem de um poste distante.

– Quer tocar nos meus seios?

Você pega minha mão, abaixa a alça do vestido e, com um movimento de ombro, balança o corpo de um lado para o outro deixando apenas o bico rosado tocando as pontas dos meus dedos.

— Gosta?

Minha alma já desgarrou do corpo, sou apenas instinto.

— Coloca a boquinha no meu peitinho, vem.

Eu cumpro todas as suas ordens.

Sinto sua mão apertar minha nuca, me puxar contra sua pele quase me sufocando e então novamente se afasta, se exibindo para mim.

— Você me acha gostosa?

Aceno com a cabeça que sim.

— Muito gostosa?

— Muito.

É só o que consigo dizer.

Você sussurra com vigor.

Arranco sua calcinha.

Passo a boca com todo meu desejo por entre suas coxas.

Aperto sua bundinha. Te puxo contra mim.

Você vira de costas e me olha excitada.

Olhos verdes pintados de preto.

Eu vou lambendo você todinha.

Você se esfrega contra meu rosto, sente minha barba roçando na sua pele.

— Me deixa chupar você agora.

E me empurra contra a parede. Passa a mão por cima da minha calça.

Abre o botão, abaixa o zíper. Passa a boca ainda por cima da roupa que me resta.

Vagarosamente vai me despindo. Levanta-se e beija na boca. Passa a língua no meu pescoço e vai descendo de encontro ao meu sexo. Passa a língua levemente. Masturba-me com os olhos fixos nos meus.

— Safada!

— Se me quiser, serei sua.

Eu te quis desde a primeira vez que te vi.

Eu peguei um avião até aqui. Eu imaginei você peladinha. Eu simplesmente passei algumas noites pensando num jeito de ter você, nem que fosse só por uma noite.

Você então se levanta e se veste.

Manda que eu me vista também e sai a passos largos me deixando atônito.

Sigo atrás em direção ao carro.

Você entra, entro atrás.

Você olha bem nos meus olhos.

E vem por cima de mim.

Senta em movimentos lentos.

– To sentindo você todo dentro de mim.

Você começa a rebolar gostoso no meu colo.

O carro começa a embaçar.

E você se entrega com o corpo tremendo de prazer.

Bom dia, deliciosa!

Essa noite foi pra você.

Agora quero mais uma noite pra mim.

Mereço?

TESÃO

Eu e sua mulher

Chamou-me no canto e disse que tinha o desejo de me ver possuindo sua mulher diante de seus olhos. O barulho da festa me confundiu, pensei ter ouvido errado e fiz questão de perguntar novamente. Sua mulher era linda, e de fato já havia olhado de um modo não muito discreto, embora ao perceber sua presença, tenha voltado meus pensamentos e meu desejo para outros caminhos. Ela sorria maliciosamente, mas a situação não cabia, pelo menos a mim, até aquele momento em que ele se aproximou e disse novamente que queria me ver possuindo sua mulher diante de seus olhos. Ela nos observava de longe, vestida num vestido longo, bela, sexy, sem despertar qualquer suspeita de tamanha perversão que agora me subia pelas artérias e contaminava qualquer pensamento meu. Fantasiar coisas desse tipo é sempre excitante, mas o fato em si diante da possibilidade real foi de tirar o fôlego.

Disse que poderíamos sair de lá no seu carro e rumar em direção a sua casa, que ficava a 10 minutos de onde estávamos, que lá despiria ela pra mim e a entregaria. Fiquei descontrolado. Já havia bebido um pouco e quando ela chegou perto e se apresentou deu dois beijos no canto de minha boca. Senti seu hálito quente e o cheiro de seu perfume doce e sutil. Posicionou-se ao meu lado, de modo que seus seios tocaram meu cotovelo, e sorriu para seu marido. A cumplicidade entre os dois era nítida e sem necessidade de palavras. Uma música agitou os presentes e ele sussurrou no meu ouvido, "dance um pouco com ela, vou ficar de longe observando". Virou de costas e já senti a mão daquela mulher me puxando pelo ombro. Encaramo-nos em silêncio e notei seus olhos claros e pintados de preto realçando ainda mais sua expressão de quem emanava sexo pelos poros. Ainda sem jeito, me aproximei e recebi um beijo na boca, um beijo doce, longo e quente. Abraçamo-nos e encostamos os corpos de maneira que nossos movimentos se tornassem apenas um. De longe ele sorria e me incitava a passar as mãos pelo corpo dela. A essa altura meu sexo já pulsava num tesão jamais sentido antes. Ela notou e se encaixou entre minhas pernas, esfregando as coxas de um lado para o outro enquanto beijava meu pescoço e arfava em meus ouvidos.

– Me come bem gostoso?

Respondi com um toque em sua nuca, apertando-a de leve enquanto me deliciava com suas investidas, esfregando seus seios duros e, a esta altura, evidentemente salientes no tecido leve. Virou-se de costas e me ofereceu seu decote, para onde levou minhas mãos até que encostasse por dentro de seu vestido sua pele macia e as curvas de seus peitinhos. Toquei seus mamilos. Ela passou a mão em mim enquanto olhava para seu marido tomando um uísque no bar e se divertindo com nossas ousadias em público. Para os demais entretidos com o som alto e seus cigarros, copos, sorrisos, nós dois éramos apenas mais dois perdidos na madrugada líquida. Nos beijamos e fechei meus olhos numa entrega total, quando ele se aproximou, visivelmente excitado, e disse que precisávamos sair dali naquele exato momento. Ela se dirigiu ao banheiro e ficamos novamente os dois frente a frente. Antes que eu dissesse algo ele fez questão de me tranquilizar.

– É nosso aniversário de casamento, temos essa fantasia há tempos e ela escolheu você.

Por alguns segundos pensei que poderia ser alguma brincadeira de mau gosto, contudo resolvi arriscar e me deixar levar naquela loucura, que em tal altura já havia me arrastado da razão que também não fiz nenhuma questão de preservar. Eles se despediram juntos de seus amigos enquanto paguei minha conta e fui para o lado de fora esperá-los. Logo os avistei saindo na direção contrária de onde estava. Me mantive parado onde estava e o carro deles veio até mim, quando a porta de trás se abriu, ela se encontrava sozinha, sedutora e convidativa. Como estava de carona com amigos, não hesitei em entrar e deixar acontecer o que o destino estivesse preparando. Os vidros eram todos negros, no som um jazz que não consegui identificar e notei quando ele ajeitou o retrovisor e pediu para que ela me despisse e me chupasse enquanto seguíamos para sua casa.

Veja bem. Ela era uma mulher de seus trinta e poucos anos, linda, com cabelos castanho-claros, olhos quase verdes, mãos delgadas e espertas. Abriu meu zíper, desabotoou minha calça e com muita calma me pegou de forma que sofri uma contração muscular de uma tensão desesperadora, tamanho o nível de excitação que aquilo estava me causando. Ele olhava tudo pelo espelho. Ela passou a língua deliciosamente pelo meu sexo que pulsava. Ele dizia:

– Vai, meu amor.

Ela não dizia nada, apenas cumpria as ordens.

Retirei seu vestido e foi quando observei seus lindos seios duros e rosados pela primeira vez. Nus, roçando em minha coxa, enquanto sua língua explorava cada centímetro meu.

Ele estava se divertindo e já começava a mostrar que logo estaria se masturbando vendo sua mulher se deliciando comigo. Embora não tivesse um tipo másculo, suas pernas eram rígidas e com pelos loirinhos.

Poucos pelos pubianos, também clarinhos e um gosto de sexo que me inebriava enquanto me controlava para não gozar.

Sabia que aquela noite seria única e especial.

Passados alguns minutos, que não tenho a menor ideia de quantos foram, entramos num luxuoso condomínio e, segundos depois, a porta elétrica da garagem se abriu, nos colocando de encontro a uma linda casa toda em vidro e madeira. Ela se recompôs enquanto fiz o mesmo e nós três saímos do carro. Já levemente embriagada, largou as sandálias de salto pelo meio do caminho e invadimos a sala. Ele novamente se afastou e foi preparar outro drink. O tapete branco aconchegante foi para onde ela se direcionou sorrindo para seu marido enquanto deixava o vestido escorregar, proporcionando uma visão que jamais esquecerei.

– Ela não é maravilhosa? – me perguntou.

– Deliciosa.

Estava como escravo, apenas cumprindo ordens. Aquela mulher sentada nua com suas pernas levemente abertas me aguardando enquanto eu já enlouquecido de vontade de ter seu gosto em meus lábios. Antes que eu pudesse beijá-la novamente, ela afastou meu rosto e ficou se tocando olhando ora para mim, ora para o seu homem.

Ele continuava de longe olhando tudo.

Me pegou pelo cabelo e me levou até seu sexo. Como se fosse um beijo de língua, me entreguei a seus prazeres e ouvia os gemidos, enquanto com as mãos buscava seus mamilos. Ficamos ali por algum tempo até que ele se aproximou, dessa vez sem blusa e com a calça semiaberta.

Ela o puxou para perto e em seguida empurrou para o sofá, onde seu marido começou a se masturbar olhando para nós dois, sorrindo e bebendo. Não sei descrever a excitação de ver aquele homem insistindo para que eu possuísse sua mulher, no entanto fui seguindo meus instintos e logo ela estava sentada no meu colo de costas para seu marido, rebolando gostoso e me arranhando com suas unhas vermelhas. Esfregando as mãos na minha barriga e cuspindo na minha cara, enquanto gemia alto.

E aquilo foi gerando uma volúpia incontrolável, até que ela acelerou seus movimentos, jogando os cabelos para trás e soltando um urro de tesão que poderia ser ouvido a quarteirões, se as janelas não estivessem fechadas.

Foi diminuindo o ritmo e se levantou.

Ele se aproximou de sua esposa e a colocou para chupá-lo com toda intimidade que cabia aos dois. Ficou de quatro enquanto a observava naquele ritual de perversão que me inebriava completamente.

Ainda completamente entregue àquela loucura, a possuí enquanto ela satisfazia seu homem, que já não falava coisa com coisa. Chegamos juntos num estágio que me fez entrar em transe. Deitei no canto da sala, no sofá, enquanto os dois trocavam carícias e sorriam pra mim.

O dia amanheceu e eles me entregaram a chave de um quarto de hóspedes, onde apaguei com a porta trancada – apenas garantia **risos**.

TESÃO

Foi ao inferno e voltou

O que diria depois de voltar do inferno e observar da cabine de um DJ o diabo sorrindo e colocando o povo pra dançar, todos abastecidos de álcool na mente e respirando sexo, libertinagem, liberdade e tesão. Apenas observei, e fiquei excitado com as mulheres exuberantes, rebolando sensualmente. Cada qual olhando e desejando ser desejada. Desejei muitas e permiti a quem estivesse comigo que desejasse também. Desejamos todos, pois o desejo é um combustível da psique humana que pulsa o coração e descarrega adrenalina no corpo todo. O perigo, o proibido, o fora do comum, o condenável, é o que muitos gostariam de fazer, mas não têm coragem. E isso me diverte. Pensar que nem imaginam o quanto é excitante não ter limites certas noites. E que se foda o politicamente correto dos que precisam agradar o tempo todo. Fui sim, lá embaixo, onde os seres se entregam e deixam Dionísio rubro de vergonha, Calígula com água na boca e Marquês de Sade orgulhoso.

Consegue ouvir as gargalhadas à luz das velas vermelhas e pretas? Pois se você só conhece a luz entenda que sem a escuridão não haveria qualquer necessidade de sua presença e que saber lidar com os dois mundos sem se contaminar é uma arte também. Perigosa de fato, que pode viciar, mas sem dúvida nenhuma, interessante, divertida e necessária. Amo mais as pessoas quando elas estão dormindo. Estranho, não? Da facilidade de dizê-las o quanto amo sabendo que não vão escutar. Do carinho no corpo inerte, respirando fundo, às vezes até babando de cansaço. Pois os gemidos e toda aquela penumbra que me permitia suar e me esfregar em outros corpos.

Sentir odores diferentes, gostos e texturas com as quais jamais fiz contato e talvez nunca mais encontre. Todos disponíveis para a mesma aventura. Todos atentos a quem estava ao lado. Luzes vermelhas, quartos trancados, cheiro do sexo. Voltei com a imagem de peitinhos diferentes disponíveis para meus lábios. Com o olhar intenso sobre minhas mãos que vagavam por entre as pernas daquelas que se ofereciam a meu deleite. Olhos semicerrados, blusa molhada de suor e a consciência de que sou um pecador nato. E que se foda. De volta ao silêncio do lar, um mate com biscoito de polvilho. As roupas jogadas pelo chão. Fumaça, meu remédio e nenhuma culpa. Aahuahauhahuahau! NENHUMA CULPA. No meio daquela loucura, um cara me reconheceu. Então dediquei um brinde de tequila à sua falta de bom senso. Não se reconhece ninguém num lugar como esse, mesmo que se reconheça. Um cretino simpático.

Vou deitar sem tomar banho, com o cheiro do inferno impregnado no meu corpo, depois rezo uma reza particular, tomo um banho de sal grosso e volto ao mundo real e as mentiras do cotidiano. Se eu quiser. Nos porões da madrugada, todos somos iguais e não importa a sua intenção. Eu quero te encontrar e tomar posse da sua alma, se quiser, me busque por aí. Vou me deliciar durante semanas com todas as cenas que registrei em minhas memórias e você pode continuar fazendo o que está fazendo, somos iguais. Quando destaco por algo diferente, não é que esteja querendo aparecer, é simplesmente porque pensamos de forma distinta e essa é a riqueza da vida, se você não tem coragem de fazer o que tem vontade, não julgue quem faz. Se algum dia me arrepender de tudo isso, não terei qualquer vergonha em assumir. Contudo, achei engraçado quando olhei para a cabine do Dj e vi o diabo sorrindo pra mim. Deus que me livre!

TESÃO

Fiz uns versos, o que acham?

Fugi na noite bela entre os arranha-céus e caía a garoa.
Olhei pros olhos dela e dentre mil pensamentos encontrei a foz.
Um raio de insanidade e outro de imensidão.
Vim parar aqui!
Fui por onde vim, vim por onde fui e não me cansei.
Quis mais.
Andei um pouco mais à frente, depois um pouco mais para trás e parei.
Aqui.
Mais quis.
Mais. Como eu quis mais e como eu quis e quis e quis e quis e mais e mais quis mais.
Na boca.
De onde saía um ruído que vinha por onde eu ia e me arrancava a voz.
Ouvi de seus cabelos crespos a fonte que transbordava todo aquele mel.
Era sua.
Então me pendurei ao inverso do teu inverso e versei.
Versei em vários idiomas, em várias línguas, dialetos entre latitudes e paralelos
Signos distintos dos zodíacos chineses mais zen budistas do mundo ateu,
amanheceu.
Deram sete horas, depois seguiu normal com oito, nove e dez.
E depois progredindo foi ganhando o dia e foi ganhando a tarde e ganhou da noite outra vez
o destino sagrado, do mais forte e alado, e diagnosticado calor.

Um calor febril que queimava a cama do sono dormido com um atraso a mil.
Passaram-se horas e ainda permanece o impulso jogando com o corpo da mente.
Atearam fogo e cortaram o pavio.
E sabe do que mais?
Ninguém viu!

Experimentalismo

A sua sonoridade me soa estranha, sábio rapaz.
Como aqueles velhos elogios de primário.
Do tempo que bobo e chato eram ofensas graves.
De um dom extraordinário.

Mas veja bem,
Deixe-me mudar de assunto.
Já sei que teu tempo é presunto...

Pois era madrugada, era longe e era bom.
Havia extrato de cânhamo e barro marrom.
No escuro das cornetas silenciosas das cigarras.
O nu dorso do loiro busto de Lara.

Sexo quente, esfregado, fluído.
Sexo sexo, não sexo, amigo.
Sexo raro, pagão, infernal.
Sexo puro, sexo carnal.

Fui eu quem mexeu com ela primeiro. Na saída do banheiro. Vinha uma luz da fresta que eventualmente se abria. Dezenas de milhares de pessoas, zumbis, andróides, passando de um lado para o outro, quase dia. Não puxei pelo braço, nem peguei no cabelo, isso é ridículo demais. Apenas acompanhei seus passos, um pouco atrás. Não confabulei nada, não tinha poemas decorados, fui de uma vez. Nos olhamos nos olhos e grudamos.

TESÃO

E esse fôlego mudo que não consegue calar?
E o cheiro da sua boca, da sua prosa
Agora encosta na parede.
Quero te ver cor de rosa.

E lentamente sinto-lhe escorrendo até meus pés.
Eu fiz!

38 graus

Desejei cada molécula do seu corpo. Identificando fotos que lhe pertenciam e que instigavam minha imaginação, fazendo delas meu relicário, meu altar, minha reza de luxúria.

Feições delicadas com um olhar sedento de uma atmosfera insaciável. Expressão de quem esconde um segredo envolvido pela alma da aventura, da entrega, do perigo, do desejo. Nossos diálogos em momento algum ultrapassavam a sutileza de quem compartilha as mesmas intenções sem precisar manifestá-las em palavras vulgares.

Nós dois sabíamos que viveríamos esse encontro. Quando seria? Como seria?

A começar pelo esconderijo perfeito, longe das especulações, das suposições maliciosas de quem se permite apostar na vida alheia.

Talvez um porão com cortinas de seda em chamas, um abajur à meia luz e vinho. Apenas o colchão no chão com lençóis brancos, que abandonaríamos completamente molhados de suor e gozo.

Talvez um sótão com janelas expostas para a lua, apenas com a luz dos prédios ao redor da rua, iluminando a beleza de sua geografia natural e feminina. Uma cama barulhenta, que denunciasse cada orgasmo, cada perda de oxigênio, cada sussurro, cada pensamento insano, no descontrole do êxtase de nossos toques sem pudores.

Os lábios grudando como sanguessugas esfomeadas. O cheiro do ar que escapa pelo nariz inundando de tesão as entranhas. O ventre que se curva na espreita do contato com a pulsação do músculo em movimentos involuntários.

As mãos que indicam por quais caminhos seguir. Os dedos que tateiam as extremidades. O bico do seu seio eriçado por baixo das vestes. O cabelo macio na pele mais clara da nuca maculada. A cor do seu esmalte. O detalhe da sua sandália de salto. O brinco que quase fura minha língua.

Vem a madrugada...

Então te despes lentamente. Vira de costas e me oferece o pescoço nu. Sinto tua febre. Seus pelos arrepiados. A pele macia, o gosto do seu gosto. Desço esfregando meu rosto em contato com seus poros, deixando um rastro levemente rubro. Vagueio por entre suas pernas com a saliva escorrendo pelo canto da minha boca. Tu prendes minha cabeça entre tuas coxas, te sentas olhando meus olhos, apoia as mãos para trás e me dá ordens. Sinto teus espasmos quando afasto para o lado a pequena calcinha que te protegia. Miro na sua órbita e percebo seus dentes mordendo os lábios. Chego bem próximo a ponto de me embriagar no cheiro do seu sexo, mas retorno sem tocá-la. Te arranco um gemido.

Tu me pegas pelo cabelo e me trazes com força, como se quisesse colar meus olhos no seu umbigo. Eu vou. Ajoelhado como um fiel devoto. Como se fosse receber a hóstia de seu inferno particular e libertar todos os demônios para um passeio nos jardins divinos, impróprios, proibidos para os não-santos.

O tempo se perde entre os relógios da cidade. Há qualquer coisa de música em cada espaço teu. Sinto como se possuisse dois corações, talvez três, talvez mil. Sinto como se fosse o efeito de um entorpecente aliviando a fissura do viciado. Invado o que não me pertence e me comporto como um violador, vasculhando cada fresta sua, cada segredo seu, me aproveitando dessa hipnose como uma serpente encantada sob o olhar atento dos espectadores à espera do ataque mortal que desencarnará o pobre homem cru.

Dispenso a ordem poética da sedução. Porque agora é carne, é sexo, é violento, é forte, intenso como o encontro de dois animais num confronto vital pela continuação dessa existência. É o primitivo, o condenável, o que os outros não têm coragem de levar adiante por medo do pecado e do julgamento de Deus. Entre nós, o prazer assassinou a culpa com uma facada nos olhos, depois cuspiu o sangue no chão.

Agora estamos em transe. Estamos avançando os limites. Estamos derretendo coisas. Estamos grudados um no outro, respirando fora de compasso. Envolvo-te com meus braços, te pego pelo pescoço. Te empurro todo meu corpo, como se fosse possível me transformar em você ou a você em mim.

Você agora e por hora pertence a mim.

Só faz o que eu mandar.

Ninguém nos tira daqui.

Faz sexo comigo.

TICO SANTA CRUZ

O que me move é...

O que me move é o desejo. O desejo sem culpa, outras vezes até inconsequente. Como acelerar em alta velocidade numa estrada escura e cheia de curvas. Minha mente imoral, indecente. Vai criando fantasias, e o sangue do anseio de colocá-las em prática escorre pelos cantos da minha boca, como um animal vadio e seus instintos primitivos incontroláveis e assassinos na violência que lhe conduz até que sua vítima seja deixada em pedaços.

Quero te invadir. Quero tirar proveito de cada sentido do que lhe pertence. Como lâmpadas acesas jogadas dentro da piscina ou nas escadas molhadas por uma chuva que fui eu que inventei. Tenho tudo aqui na minha cabeça. Inclusive a cor do seu batom, da sua meia, dos seus pelos, do bico dos seus seios.

Tenho você presa dentro do elevador, de frente para os espelhos. Quero sentir seu cheiro. Respirar colado na sua nuca e percorrer com meus lábios cada gota que consegui tirar do seu suor. Quero melar meus dedos em ti.

O que me move é o perigo. A ação por impulso. O comportamento lascivo. O prazer de dar prazer. O prazer escondido, aquele que sinto ao destronar o inimigo. Estar vivo e não ajoelhar pedindo perdão pelas noites em claro que passei envergonhando algum deus. Caminhar no parapeito de um arranha-céu, fingindo estar bêbado e tendo o coração pulsando como o de um bandido ao apontar a arma para sua própria cabeça. O desespero por não conseguir mais esperar, por querer que seja imediatamente. Por te colocar nua, largada num colchão sem lençol, e me masturbar olhando dentro dos seus olhos. Ostentar meu desprezo pelas janelas abertas do quarto. E caminhar até que entre nós exista apenas o espaço de uma estocada forte. Quero que você não seja capaz de sufocar o grito. Não seja capaz de controlar seus movimentos. Que ao fechar os olhos para me sentir por dentro, crave as unhas no ladrilho do banheiro.

Porque depois vou amarrar seus punhos pelas costas. E hei de brincar com as pedras de gelo do copo do seu uísque. Arrastando-me por entre suas coxas feito um lagarto. Percebendo-me como um adolescente pervertido.

Quero o privilégio do contato, com a ponta eriçada do seu peito lindo. Toda arrepiada, sem qualquer pudor em se entregar sem destino.

Pois lhe escrevo agora, imaginando e me embrenhando em cada momento seu.

Se pudesse me olhar então, lhe mostraria o poder de estar em suas mãos. Faria questão de que me tocasse com seus lábios e me tivesse próximo do seu nariz. Sentindo o cheiro do meu desejo e o gosto do que farei jorrar quando estiver estirado aos seus pés. A pequena morte.

O que me leva é a incerteza. E na sua indecisão, me farei presente, pois mesmo que isso nada represente, aqui aconteceu.

Eu te devorei como um esfomeado que conseguiu fugir do campo de concentração de uma dessas novas guerras. Antes aprisionado ao monitor, agora com as mãos sujas do seu gozo.

Imaginei cada detalhe do que jamais seria capaz de transcrever.

Você me conduziu...

Deixa-me te conduzir desta vez.

Encontre-me lá

– Encontre-me no banheiro.

E lá se foi ela. Linda. Vestida num vestido preto, nem curto e nem longo.

Cabelo amarrado com uma fita da mesma cor. Olhos pintados, lábios delicados. Seios pontiagudos e um cheiro de pele feminina. Não olhou para trás, não hesitou, sabia o que queria e o que estava fazendo. Assim é sempre melhor. Sem mentiras, sem joguinhos, sem ladainha. A gente só precisava se divertir um pouco, e qual é o problema nisso?

Lá se foi ela, deixando um rastro de olhares curiosos.

Eu fiquei. Nada mais interessava à minha volta. Eram só ruídos, pessoas aglomeradas, barulho de alguma música qualquer que não saberia identificar.

A porta se fechou.

Eu daria um tempo, bateria três vezes num intervalo entre a segunda e a terceira batida, esse foi o código que soprei em seu ouvido enquanto sussurrávamos um para o outro. Tudo muito discreto, sem chamar atenção, era o que eu achava.

Continuei tomando minha bebida. Tentando disfarçar minha ansiedade e meu desejo. Falei com alguém que agora não me lembro. Contei na minha cabeça um tempo qualquer e fui.

Código decodificado – a porta se abriu.

Ela estava ainda mais perturbadora. Havia soltado parte dos cabelos. Mantinha a postura de controle. Puxou-me pela mão. O mundo desapareceu por trás de mim.

Nossa respiração se fez mais ofegante. Aproximei minha boca de seu pescoço e começamos algo parecido com uma dança. Uma dança onde nossos corpos estavam quentes. Senti a temperatura de sua nuca quando a segurei. Nossos passos seguiram até que esbarrássemos na parede. Ela me puxou pela cintura. Apertou-me.

Senti sua língua desafiando minha boca. Empurrei minha perna entre suas pernas e ela cedeu. Escorregou, encostou e se esfregou bem devagar. Havia um estado de transe entre nós. Beijos lentos. Havia uma profundidade enquanto nossos lábios se buscavam.

Invadi seu vestido. Toquei o bico de seus seios. Estavam duros. Seios firmes, macios.

Ela continuou esfregando seu corpo no meu. Sentindo todo meu desejo. Com a outra mão passeei por sua barriga. Desci até que tocasse em suas curvas. Ela arfava nos meus ouvidos e aquilo me dava um prazer insano.

Foda-se quem está lá fora! Foda-se tudo! Foda-se!

Nossos beijos eram longos como se tivéssemos todo o tempo do universo.

Ela tirou minha blusa e encostou seus seios em mim. Pegou-me pela nuca e pediu que a encarasse.

Olhei em seus olhos, suas pupilas pareciam uma flor. Não sei qual flor, mas era um olhar de domínio. Ela estava me usando como seu brinquedinho e eu já estava entregue.

Continuamos nos olhando enquanto nossas mãos decifravam outros caminhos.

Tirou a calcinha, levantou o vestido e começou a se tocar também. Não sei quanto tempo durou a sua provocação. O fato é que estava explodindo de tesão.

As pessoas continuavam circulando do lado de fora. Continuavam conversando, dançando, cantando, falando, vivendo suas vidas, indiferentes ao que nós estávamos vivendo ali, naquele quadrado, com aqueles ecos, com aquela luz branca, com aqueles azulejos frios, com aquela pia que estava quase despencando.

Ela me levantou, soltou os cabelos, virou de costas para mim, encostou-se à parede, abriu as pernas e mandou que a possuísse.

Entrei intenso, entrei e senti seu corpo se arrepiando. Passei a mão em seus seios e eles estavam muito eriçados. Senti sua perna tremendo. Aumentei meus movimentos. Puxei-a pelo cabelo e ela se jogou com ainda mais vontade em minha direção. Com uma das mãos fui até seu queixo e virei parcialmente seu rosto. Passamos a nos olhar de lado. Sua boca se contraía, seus olhos estavam entreabertos. Toquei seu sexo. Viramos um corpo só.

Nossos movimentos aumentaram, ela me puxava para dentro dela.

TESÃO

Eu desejava cada espaço. Eu a vasculhei inteira. Não havia poesia, nem romantismo, nem palavras de carinho e nem de amor. Era apenas sexo, sem culpas, sem medos, sem escrúpulos.

Não sei ao certo quanto tempo levei para voltar ao normal.

O fato é que quando abri meus olhos, ela já estava praticamente toda arrumada. Com o vestido no lugar, com o cabelo preso.

Beijamo-nos novamente e ela disse que precisava ir embora. Eu tentei segurá-la, mas ela não me deixou prendê-la.

Tirou da sua bolsa uma maquiagem, limpou o suor do rosto, voltou ao estágio em que a conheci, com seus lábios rosados, olhos pintados de preto e uma normalidade absurdamente incomum.

Bateu a porta e foi embora.

Nunca mais a vi na vida.

TESÃO

Nas suas vísceras

Escuta a chuva batendo no vidro. Parece que viraram o oceano de cabeça para baixo. Ouça. Cada pingo gigante. Parecem besouros querendo invadir nosso quarto e se jogando contra a parede. Você é tão bonita. Gosto do seu cheiro. Me deixa respirar no seu pescoço... Como se eu fosse um bicho em busca de alimento, como se você fosse me ressuscitar. Como seu eu fosse arrancar sua alma com os dentes, como se você fosse...

Você é.
Sua voz me acalma, mas a forma como me olha tira o meu sossego. Escuta... Senta aqui no meu colo. Me abraça com suas pernas. Encosta bem seu corpo em mim. Mela minha barriga. Deixa seu perfume impregnado no meu peito.

Lembra?

Naquele exato momento em que me disse algumas palavras e não entendi. Depois fiz questão de não entender, que era para que você chegasse mais próxima de mim. E quando se aproximou e segurei delicadamente em suas mãos, tive certeza de que a gente se encontraria novamente. Não sabia seu nome, nem de onde tinha vindo, não sabia mais de mim. O som estava alto. Tive de sussurrar no seu ouvido. Quando sorriu foi como se um caminhão desgovernado entrasse quebrando todas as vidraças.

Tive de me conter. Primeiro eu fugi. Depois eu voltei. Te procurei no meio daquele monte de vultos e quando nossos olhares se cruzaram... te quis. Você me quis?

Seu corpo é quente. Beijo seus seios. Lindos. Coloco-o entre os meus lábios.

A chuva está mais forte. Já não consigo te ver pelo reflexo da janela. Minhas pernas tremem... suas auréolas, em contraste com o branco da sua pele, parecem morangos.

Encaixa em mim. Bem lentamente. Bem devagar.

Se eu queria tê-la?

Na hora em que te olhei. Pensei em te levar para o carro e te comer na esquina. Com as pessoas passando ao lado e a gente no mundo da lua. Que se fodessem todos.

Assim, à meia luz... quando te olho pelo espelho a minha vontade é cravar as unhas nas suas costas e te arrancar um punhado de carne, o contraste entre nós dois me deixa em transe.

Venha até aqui. Abra bem as pernas, quero te observar. Desprotegida. Quero te invadir com os meus olhos. Abra as pernas.

Aproximo-me como um cachorro de rua. Lambendo seus pés. E te lambendo as coxas, e te lambendo inteira.

Tenho a noite toda pra nós dois. Só hoje.

Escuta...

A chuva está mais intensa. Talvez seja um enxame, talvez sejam tiros. Quem se importa?

Nossos movimentos seguem um ritmo. Nossos movimentos seguem nossos instintos mais perversos. Você só goza agora quando eu quiser, quando lhe der a permissão.

Quando te olhei naquele dia no meio daquela gente, eu tive certeza que iríamos estar aqui.

Me dá um tapa na cara.

Mais forte.

Olha... a marca das suas mãos....

Passo delicadamente meu nariz no seu, sinto seu hálito, sinto cheiro de sexo...

Eles têm um monte de perguntas e respostas lá fora debaixo dessa chuva...

Preocupações.

Eles têm um monte de explicações para tudo, e se nos vissem aqui, ficariam rubros de vergonha.

Você nua, linda, flutuando...

Vou deixar apenas uma vela acesa agora.

Beba o último gole de vinho da minha boca, suga até a última gota.

Quando chegar a primavera e você estiver em algum lugar por aí...

Tenha certeza de que se nos encontrarmos novamente, viveremos tudo isso de novo. Mas por enquanto me beija.

Por enquanto morre comigo, pelo menos por esses segundos.

Logo a gente volta ao fluxo normal, a chuva passa e te deixo ir.

Mas por enquanto me deixe sentir seu gosto.

Só minha. Só hoje. Aqui nos meus sonhos.

Reais?

Seja gentil

O lugar não estava cheio.

Algumas mesas reservadas, pessoas bem arrumadas, convidados chegando pela porta principal com muitos *flashs* e toda pompa que cabe a um evento desse tipo.

Não sabia por que havia sido convidado, mas decidi descobrir. Dizem que é bom estar em lugares onde pessoas importantes estejam para que supostamente você consiga fazer um bom contato ou talvez alguma parceria legal. Confesso que sou péssimo nesse tipo de *lobby*.

Encontrei alguns amigos e ficamos conversando a respeito dessas bobagens que homens conversam quando não estão articulando um plano para comer alguma mulher ou para conseguir dinheiro.

Achei engraçado a maneira como eles relatavam suas aventuras e conquistas e me perguntei o quanto daquilo tudo era verdade e qual o percentual de fantasia que existia em meio a tantas façanhas. Me detive a uma mulher que entrou aparentemente desacompanhada. Depois observei que ela cumprimentava a todos e parecia ser bem respeitada no recinto. Os olhares acompanhavam cada passo. Machos em desejo, fêmeas em admiração e inveja.

De fato, muito bonita e com uma atmosfera enigmática, o que acabou chamando ainda mais minha atenção.

Meus amigos fizeram alguns comentários engraçados, apenas sorri e fiquei ouvindo o papo furado.

Passaram pelo futebol, pelas últimas viagens com suas esposas e famílias e comentaram até sobre os últimos escândalos políticos. O lugar era bem parecido com um salão de festas desses hotéis antigos. Seria servido um jantar e depois teria um show de um grupo que tocava músicas de baile. O típico evento que prefiro não estar.

Fui encaminhado para uma das mesas reservadas para os convidados e logo serviram as refeições.

Percebi que aquela mulher sentou-se a uma distância onde conseguia quase ler seus lábios. Numa mesa com algumas pessoas ilustres e aparentemente com um tratamento ainda mais especial.

Ela tinha um sorriso discreto, gestuais delicados e não estava exaustivamente maquiada como a maioria das outras.

Também não ostentava joias ou penduricalhos brilhantes nem nos pulsos, nem na altura do pescoço.

Tinha uma beleza incomum e soava extremamente simples em meio a tanta futilidade que espirrava como lava de um vulcão em erupção.

Na minha mesa, as pessoas estavam entusiasmadas com a indicação de alguns deles para uma premiação que aconteceria dali a alguns dias.

Eu estava sem apetite algum, e mal conseguia disfarçar meu tédio.

Continuei observando a convidada da outra mesa. Comecei a reparar nos detalhes de seu vestido. No pouco que conseguia alcançar. Em momento algum cruzamos qualquer tipo de olhar. Ela parecia concentrada e satisfeita com os assuntos que estavam circulando entre as companhias que compartilhavam seu campo de visão.

Comecei a imaginar que tipo de mulher era aquela, qual seria o cheiro, como seria a textura de sua pele.

Sua voz seria rouca? Será que usava perfume ou teria um cheiro desses hidratantes que se colocam após o banho.

Foquei em sua boca...

Tinha o lábio superior médio e o inferior parecia levemente inflado, cor de rosa, num sorriso sedutor.

Seu rosto era fino e seus cabelos pareciam espontaneamente jogados sobre os ombros que seguravam a alça delicada de um vestido negro. Seus traços eram estranhamente exóticos, não existia nela uma perfeição lapidada em consultórios médicos.

Me isolei naqueles pensamentos como um prisioneiro é isolado numa solitária.

Logo acabou o jantar, e se me perguntassem qual fora a pauta da mesa, eu estaria fodido. Só me lembro de alguns risos forçados e daquela falsa sensação de alegria que é obrigatória num evento desses.

Esperei para vê-la levantar e então me distanciei ainda mais da realidade.

– Me dê sua mão. Cumpri sua ordem.

– Preste bem atenção, seja o mais discreto possível... Sou capaz.

– Passe os dedos por entre minhas pernas.

Passei delicadamente a ponta dos dedos perto de sua coxa e devagar escorreguei para então senti-la úmida.

– Esfregue seus dedos em mim. Quero senti-los...

Eu fazia pequenos movimentos circulares e empurrava contra sua pele com um pouco mais de força.

Ela gemia no meu ouvido.

– Mais forte.

Aumentei a pressão.

Estávamos num local um pouco isolado da festa, mas algumas pessoas circulavam por ali. Havia uma mesa em nossa frente e eu precisava não esboçar nenhuma expressão da excitação imensa que estava sentindo.

Ela recuou as costas para o encosto do sofá e abriu um pouco mais as pernas. Eu passeava com meus dedos por cima de sua calcinha como se estivesse fazendo desenhos com tinta na escola.

Suas mãos ora me ensinavam os caminhos, ora me seguravam o punho. Senti quando ela cravou as unhas vermelhas deixando riscos sobre a minha pele. Num dado momento ela afastou a calcinha para o lado e pediu que eu colocasse meus dedos dentro dela. Senti como se tivesse uma pasta macia escorrendo...

Minha outra mão segurava o copo e eventualmente fazia algum gestual como se nada estivesse acontecendo no lado direito do meu corpo. Em chamas, sentia-a rebolando levemente. E isso foi me dando um tesão sobrenatural.

Perguntei se não preferia sair dali.

— A gente pode ir para sua casa ou para algum lugar mais tranquilo. Foi categórica quando negou.

— Só quero sentir seus dedos me tocando — ela sussurrou.

Continuei me dedicando em satisfazê-la da forma que me mandava. Sentia enquanto ela ficava cada vez mais molhada.

Ela passou a mão na minha barriga por dentro da camisa, e depois levemente por cima da minha calça.

Foi então que deu um suspiro forte, e senti sua respiração ofegante. Ela disse que havia entregado o que precisava a mim...

E que eu deveria ser um cavalheiro e no momento em que ela desse o sinal, me retirar da mesa e procurar algum outro lugar qualquer...

Ela só queria ser tocada... Não precisava de nada mais que isso...

Saí do transe em que me encontrava e pisquei os olhos para descobrir por onde tinha me metido.

Meus amigos ainda estavam do meu lado... as pessoas se aglomeravam nos arredores... e percebi que aquela mulher que havia me chamado atenção dançava tranquila um pouco mais à frente.

Decidi que era melhor voltar para casa.

Peguei a chave do meu carro e parti daquele lugar estranho.

Pelas ruas de Copacabana, uma prostituta se exibia na calçada.

TESÃO

Do que não cabe no tamanho do céu

Em cores vivas, de um olhar suave e canto tranquilo. Como se fosse um sonho daqueles que se sonham à tardinha.
É a paz que invade o conflito que antes explodia em terremotos dentro do peito.
Mistura de ânsia, desejo, malícia e meditação.
(Me dita ação! Eu gosto. Conduz minhas mãos pelo seu corpo. Tira minha blusa)
Pelo quarto escuro escapa da janela um pequeno ponto de luz.
(Vejo seus pelos. Passa a boca em mim)
A parede é onde as sombras se divertem. Livres de qualquer juízo.
(Estamos sós. Nós e o tempo esquecido. Toco seus seios)
Hálito doce, vermelho dos lábios, sentidos fortes, aguçados.
Flutua firme quando poderia apenas voar.
(Quando se aproximou demais, afastei meus quadris para disfarçar meus impulsos. Tudo em vão. Como se atirasse flechas contra um muro de aço)
Quem resistiria?
Entramos um por dentro do outro como se a lua escapasse do seu posto em direção ao sol, deixando o céu rubro de uma vergonha sacana.
(Ouço sua respiração ofegante)
Me sinto como se fosse um animal selvagem disponível para ser domesticado.
Sinto quando suas unhas cravam em meus pulsos.
(Te olho de baixo e te vejo como se fosse uma entidade e é como se eu estivesse implorando por sua misericórdia, só que

com água na boca)
Nossas almas desatam os nós.

Sabe quando não cabe no tamanho do céu?
(Senta no meu colo e mexe comigo)

TESÃO

Me chama

O bico de seus seios parecia dois diamantes cravados no topo de montes gêmeos perfeitos. Tinha uma barriguinha saliente e sensual que realçava sua expressão de fêmea. Da sua boca escorregava um sorriso malicioso e encantador ao mesmo tempo, quase fatal.

Os homens que a observavam deliravam a cada movimento. E ela os estimulava, ora se exibindo de forma explícita, ora insinuando algo que mexia com a imaginação.

Quem era aquela pessoa?

Como chegar até onde pudesse sentir o cheiro de seus ralos pelos pubianos?

Continuei concentrado.

Observando.

Para o delírio dos demais, ela se levantou e baixou parte do vestido simples que usava.

Acariciou os lindos seios enquanto seus lábios estavam entreabertos. Seu olhar era cínico. Tinha total consciência do poder que exercia sobre todas as criaturas e inclusive sobre as outras mulheres.

Sua boca parecia que tinha sido desenhada para atiçar os pensamentos mais obscenos que espocavam dentro do meu crânio.

Ela mantinha uma respiração ofegante enquanto encarava a plateia que se formara para adorá-la. Fazia isso como se fosse um maestro regendo uma orquestra, só que de loucos sedentos por seu sexo.

Quando se aproximava demais dava para vê-la de baixo para cima como se fosse uma entidade devassa. Seus seios então formavam uma imagem ainda mais estimulante, feito duas frutas maduras prontas para serem devoradas sem dó.

Eu, que já não me aguentava mais, comecei lentamente a me estimular imaginando como deveria ser enlouquecedor tê-la se mexendo daquela maneira no meu colo.

Os outros homens urravam de tesão por ela. Alguns casais começaram a fazer amor. O cheiro dos hormônios exalados tomava conta e inebriava como se fosse um alucinógeno capaz de entorpecer até o mais santo dos santos.

Seus pés eram pequenos, unhas de um vermelho claro, que nem era rosa e nem era sangue.

Ela se sentou diante de todos, abriu as pernas e começou a se tocar – com as duas mãos.

Colocava os dedos na boca, os sugava e novamente os inseria em estímulos venusianos.

Passava as mãos pelo corpo e o mostrava como se fosse uma oferenda. Eu olhava os casais se amando. Percebia o desejo dos outros homens em volta dela e respirava fundo tentando blindar meus impulsos de minhas ações, e já se tornava insuportável administrar o temor de me expor entre aquelas pessoas e a vontade louca de que ela olhasse para mim e percebesse o que estava movendo no meu corpo.

Ela voltou a se tocar e a olhar fixamente para onde eu estava. Pensei que pudesse estar decifrando meus pensamentos. Alguns homens se aproximavam mais e passavam as mãos por suas pernas. Primeiro ela deixava, depois ela retirava delicadamente.

Movimentava sensualmente os cabelos, enquanto eu me tocava olhando seus lábios, seus olhos, seu olhar, suas expressões, e devendo a alma na ânsia de possuí-la ali. Na frente de todo mundo. Com todo o tesão que circulava por minhas artérias, ventrículos, músculos...

Ela prendeu o cabelo e sorriu...

Eu prendi a respiração.

Os ruídos vindos dos cantos escuros embalavam aquela cena... Eram ruídos de prazer, de gozo, de loucura.

Cheguei o mais perto que pude. Mostrei a ela o que estava guardando só pra mim. Ela se virou de costas e me olhou novamente, com movimentos circulares do quadril.

Chegou tão perto que senti o odor do seu suor... doce...

Me estendeu a mão, ofereci a minha.

Ela colocou em sua cintura...

Foi se aproximando e, enquanto eu perdia qualquer resquício de razão que havia sobrado, colocou a mão por dentro da minha calça e me segurou com força e delicadeza equivalentes... me beijou na boca e continuou me conduzindo. Eu já estava à beira de um colapso total... quando ela me largou e voltou para onde a vi pela primeira vez...

Deu um sorriso sacana e voltou a se exibir para os outros homens e mulheres que pareciam estar tão ou mais famintos do que eu.

Colocou uma outra mulher ao seu lado e se beijaram como se uma bomba nuclear estivesse descendo para nos exterminar nos próximos segundos... Meus músculos se contraíram ainda mais.

Não pude resistir...

Entreguei a elas o que me cabia...

E depois fechei os olhos enquanto voei por trezentas e quarenta e cinco galáxias.

Foi bom... foi muito bom.

Impressão e Acabamento:

www.viena.ind.br

Auditada por	Responsável	Associada				Responsabilidade Ambiental	